Chère lectrice,

Un séjour au bout du monde, dépaysant, ressourçant, stimulant… N'avez-vous jamais rêvé de faire un tel voyage qui changerait votre vie à tout jamais, par exemple dans le désert ? Comment ne pas se laisser éblouir par cette immensité de sable, envoûter par ces splendides cieux nocturnes, séduire par le mode de vie ancestral des peuplades nomades qui y vivent ? C'est ce voyage unique que pensait accomplir Layla, l'héroïne de *La captive d'Al Ankhara* (n°2916 — deuxième volet de la trilogie « Irrésistibles cheikhs » de Sandra Marton). Mais la jeune femme va rapidement déchanter et se retrouver plongée dans un véritable cauchemar, avant d'être sauvée par le beau cheikh Khalil d'Al Ankhara.

C'est un univers tout différent que je vous propose de découvrir dans le roman d'Emma Darcy (*L'héritière indomptable*, n° 2915), celui des courses hippiques. Sally, la ravissante héroïne de ce roman, est une cavalière émérite. Mais elle va devoir affronter un obstacle de taille en la personne de l'homme venu se venger d'elle et de sa famille… C'est aussi une passionnée de chevaux que vous rencontrerez dans *Une revanche implacable* (n°2909) : Jessica va devoir se mesurer à un ténébreux milliardaire, qui se trouve être le nouveau propriétaire du domaine familial.

Et, bien sûr, je vous invite à faire la connaissance de toutes les autres héroïnes des romans de ce mois-ci, parmi lesquels ceux de Lucy Monroe, Anne Mather…

Très bonne lecture !

La responsable de collection

2

L'héritière indomptable

EMMA DARCY

L'héritière indomptable

COLLECTION AZUR

éditions Harlequin

Cet ouvrage a été publié en langue anglaise sous le titre :
BOUGHT FOR REVENGE, BEDDED FOR PLEASURE

Traduction française de
ELISABETH MARZIN

HARLEQUIN®

est une marque déposée du Groupe Harlequin
et Azur ® est une marque déposée d'Harlequin S.A.

83-85, boulevard Vincent-Auriol, 75013 PARIS — Tél. : 01 42 16 63 63

Service Lectrices — Tél. : 01 45 82 47 47
www.harlequin.fr

ISBN 978-2-2808-0934-4 — ISSN 0993-4448

Prologue

— Je suis Jack Maguire, le fils de Leonard Maguire.

— Je ne savais pas que sir Leonard avait un fils, marmonna le garde avec un regard soupçonneux. Et vous avez l'accent américain.

Jack réprima une moue de dérision. Pas étonnant quand on avait grandi au Texas… Il avait été emmené loin d'Australie à l'âge de sept ans, mais il y était né. Aujourd'hui, à vingt-quatre ans, il était de retour. Riche et déterminé à s'imposer dans la vie de son père.

— Vérifiez, suggéra-t-il.

Pendant que de l'autre côté de la grille, le garde décrochait un portable de sa ceinture et composait un numéro, Jack contempla la longue allée bordée d'érables, dont le feuillage exubérant brillait sous les rayons du soleil printanier.

Au bout de l'allée, perchée sur une colline entourée de prés verdoyants, se dressait une immense demeure de proportions harmonieuses. La seconde famille de son père avait visiblement droit à ce qui se faisait de mieux.

A en juger par le blanc éclatant de la façade et des clôtures, la propriété était parfaitement entretenue. Ce qui supposait des frais considérables. Mais il était vrai que le propriétaire avait les moyens. Son entreprise de transport, dont l'un des fleurons était une compagnie aérienne d'envergure nationale, lui rapportait beaucoup d'argent.

Jack réprima une nouvelle moue de dérision. Pour sa part, il n'avait jamais rien reçu de son père, à part des cartes de Noël sans doute envoyées par une secrétaire. Leonard Maguire l'avait également invité deux fois à passer quelques jours avec lui dans un luxueux hôtel de Las Vegas, où il séjournait lors d'un voyage d'affaires. La première fois il avait douze ans, la seconde dix-huit.

Lors de cette dernière rencontre, son père lui avait demandé :

— Comment envisages-tu de gagner ta vie, mon garçon ?

— Aurais-tu une proposition à me faire ? avait-il répliqué, plein d'espoir.

Espoir aussitôt anéanti.

— Non, avait répondu sèchement son père. Débrouille-toi tout seul, comme je l'ai fait. Si tu en as le cran, tu gagneras mon respect.

Il en avait suffoqué d'indignation. Parti de rien, son père était devenu milliardaire en bâtissant un empire dans le secteur des transports. Certes. Mais cela suffisait-il à faire de lui un homme digne de respect ? Comment avait-il pu lui refuser son soutien alors qu'il offrait une vie luxueuse à sa seconde épouse et à ses filles adoptives ? Lorsque ces dernières auraient dix-huit ans, leur dirait-il de se débrouiller seules ?

Le garde éteignit son portable et jeta à Jack un regard intrigué dans lequel se devinait une certaine compassion.

— Je ne peux pas vous laisser entrer. Lady Ellen dit que vous n'êtes pas le bienvenu ici.

« Lady Ellen ». Jack crispa la mâchoire. Au départ, ce n'était qu'une jeune employée qui couchait avec son patron, beaucoup plus âgé qu'elle et marié de surcroît. Aujourd'hui, parce qu'elle avait réussi à se faire épouser par son père et que ce dernier avait été fait chevalier pour services rendus à la nation, elle avait le droit de se faire appeler « lady »…

— Demandez à parler à mon père, dit-il au garde.

— Impossible. Sir Leonard n'est pas là.

— Quand doit-il rentrer ?

— L'hélicoptère arrive en général vers 19 heures.

Le garde consulta sa montre.

— Pas avant trois heures. Inutile d'attendre. Je ne peux pas vous laisser franchir la grille.

Message reçu, songea Jack avec amertume. Pour lady Ellen, il était indésirable. Depuis toujours, sans doute. C'était une garce cupide, prête à défendre ses intérêts bec et ongles. Mais quelle influence avait-elle exactement sur son mari ? Celui-ci était-il d'accord pour traiter son fils comme un paria ?

Jack réprima un soupir. Il y avait tant de choses qu'il aurait aimé savoir…

Non. Qu'il était déterminé à découvrir.

— Je reviendrai, déclara-t-il.

— Je suis posté là, prévint le garde en indiquant d'un signe de tête le pavillon situé à l'entrée de la propriété.

L'homme avait probablement la cinquantaine passée, mais à en juger par sa carrure athlétique, il ferait un adversaire redoutable, estima Jack en regagnant la voiture qu'il avait louée à l'aéroport. De toute façon, il n'était pas question d'avoir recours à la force. Ce garde ne faisait que son travail, après tout. Cependant, il ne pouvait pas surveiller toute la propriété depuis son pavillon…

Une demi-heure plus tard, Jack se gara au bord d'une petite route transversale et troqua son costume contre un jean, un T-shirt et des baskets qu'il prit dans sa valise. Puis il coupa à travers champs jusqu'à une clôture blanche à laquelle il s'accouda.

Il promena son regard sur les luxueuses écuries et les

chevaux qui paissaient dans les herbages. Dans un enclos voisin, une cavalière sautait une série d'obstacles.

Etait-ce la plus âgée des filles adoptives de son père ?

Ou bien une employée chargée d'entraîner les chevaux ?

Une épaisse crinière rousse s'échappait de sa bombe et sa silhouette harmonieuse pouvait être celle d'une jeune femme. Cependant, il n'était pas exclu que ce soit une adolescente. Elle montait son cheval avec assurance et autorité, mais à quatorze ans, ayant grandi dans le ranch de son beau-père, il en faisait autant.

Il escalada la clôture et se dirigea vers l'enclos. Inutile de perdre son temps en conjectures. Il allait satisfaire sa curiosité sur-le-champ. Après tout, il avait plus que n'importe qui le droit de pénétrer dans cette propriété.

Blaze ne maîtrisait pas encore complètement le triple saut. Ce cheval était trop impétueux... Il fallait recommencer en lui tenant la bride un peu plus haute, songea Sally, entièrement concentrée sur sa monture. Ce fut seulement lorsque celle-ci eut franchi le troisième obstacle que des applaudissements lui signalèrent la présence d'un spectateur.

Grisée par sa réussite, elle se retourna avec un large sourire, prête à recevoir les félicitations de Tim Fogarty, le lad qui l'aidait à préparer Blaze pour les courses d'obstacles. A sa grande stupéfaction, elle ne reconnut pas l'homme qui l'observait. Que faisait là cet étranger ? Et pourquoi était-il seul ? Les visiteurs étaient toujours accompagnés par un membre du personnel.

Celui-ci était très séduisant... Jamais elle n'avait vu un homme aussi beau. Bâti en athlète, il avait un visage taillé à la serpe, encadré par d'épais cheveux noirs. Ses bras musclés étaient hâlés. Travaillait-il au grand air ? C'était peut-être un nouvel employé.

Parcourue d'un frisson d'excitation, Sally fit faire demi-tour à sa monture et se dirigea vers l'inconnu. Le regard pénétrant de ses yeux bleu électrique ne la quittait pas. La trouverait-il à son goût ?

Quel espoir ridicule ! se dit-elle aussitôt. Il devait avoir vingt ans passés. Pour lui, elle n'était qu'une gamine. Même si, à quatorze ans, elle avait déjà la taille et la silhouette d'une adulte. En tout cas, il y avait dans ses yeux une lueur indéfinissable, comme si la vie n'était pas toujours facile pour lui.

— Qui êtes-vous ? demanda-t-elle, dévorée par la curiosité.

Un sourire se dessina sur les lèvres de l'inconnu. Comment embrassait cette bouche bien dessinée ? s'interrogea-t-elle, fascinée. Etait-elle douce ou impérieuse ? Cet homme superbe semblait sorti tout droit des romans sentimentaux dont la lecture la faisait rêver.

— Et vous, qui êtes-vous ? éluda-t-il.

Il avait l'accent américain, constata-t-elle avec surprise. Et sa voix était chaude et profonde…

— Sally Maguire, répondit-elle avec une pointe de fierté.

Son père était presque une légende en Australie et elle ne pouvait s'empêcher d'en être heureuse.

— Ah…

Pourquoi cet air narquois ? se demanda-t-elle avec perplexité. La trouvait-il snob ?

— Bel animal, commenta-t-il d'un ton désinvolte. Et vous vous débrouillez très bien. Il y a longtemps que vous montez ?

Elle hocha la tête, vaguement mal à l'aise.

— Papa m'a offert un poney pour mes cinq ans.

— C'est sans doute aussi pour vous qu'il a acheté ce magnifique pur-sang.

Il y avait une pointe d'ironie dans la voix chaude. Soudain inquiète, Sally réprima un frisson.

— Qui êtes-vous ? insista-t-elle. Que faites-vous ici ?

Il haussa les épaules.

— Je me promène.

— C'est une propriété privée. Vous n'avez rien à y faire.

— Oh si, justement. J'ai des affaires à régler. Des affaires très personnelles. J'attends le retour de mon père.

Sally plissa le front. Aucun des employés n'avait de fils de cet âge…

— Qui est-ce ?

— Leonard Maguire.

Elle resta muette de stupeur. Comment était-ce possible ? Son père aurait-il un fils illégitime ? Pourtant, cet homme ne lui ressemblait pas… Certes, il avait les yeux bleus, mais d'un bleu beaucoup plus vif que ceux de son père.

— Je n'ai jamais entendu parler de vous, lâcha-t-elle d'un ton brusque, gagnée par une sourde angoisse.

— Ce n'est pas surprenant. Je suis sûr que lady Ellen a toujours vécu comme si je n'existais pas.

Sally déglutit péniblement. De toute évidence, il détestait sa mère. Pourquoi ?

— Elle ne connaît sans doute pas votre existence elle non plus.

Il secoua la tête.

— Vous êtes bien naïve, Sally Maguire. Vous devriez interroger lady Ellen à propos du mariage qu'elle a détruit et du petit garçon dont elle n'a jamais rien voulu savoir.

— Quel mariage ?

— Celui de Leonard Maguire avec ma mère.

Sally fixa l'homme avec effarement. Il semblait très sûr

de lui. Et s'il disait vrai, ce n'était pas un enfant illégitime. Ni adopté, comme elle et sa jeune sœur... Elle déglutit péniblement, ébranlée dans toutes ses certitudes.

— Etes-vous allé à la maison ? demanda-t-elle, prise de panique.

— Pas encore.

— Ma mère sait-elle que vous êtes ici ?

— Elle sait que je me suis présenté à l'entrée, mais elle ne m'a pas déroulé le tapis rouge. Au contraire. Elle m'a interdit l'accès de la propriété. Que pensez-vous de ça, Sally Maguire ?

Il indiqua d'un geste les écuries et poursuivit d'un ton sarcastique.

— Vous vivez dans le luxe et vous pouvez vous adonner quand bon vous semble à votre sport favori, tandis que moi, on me chasse de chez mon père.

Ce n'était pas normal.

C'était même terriblement injuste...

Sally sentit ses joues s'enflammer. Pourquoi se sentait-elle aussi coupable ? Elle n'était pour rien dans cette histoire. Par ailleurs, elle n'avait que la parole de cet homme. Elle ignorait ce qui s'était passé dans cette famille avant son adoption. Après tout, sa mère avait peut-être de bonnes raisons de lui interdire l'entrée de la propriété. Elle-même ne se sentait-elle pas menacée par sa présence ?

— Que voulez-vous ? demanda-t-elle, l'estomac noué.

Nul doute que s'il était venu jusque-là, c'était pour prendre sa revanche...

— Je n'ai vécu que sept ans avec mon père, alors qu'il vous élève depuis quatorze ans. Ne pensez-vous pas qu'il serait temps de rétablir un certain équilibre ?

Il savait son âge... Alors que quelques minutes plus tôt, elle ignorait jusqu'à son existence !

— Vous êtes adulte, aujourd'hui, fit-elle valoir, de plus

en plus anxieuse. Il est impossible de rattraper le temps perdu.

— C'est vrai. Mais ça n'empêche pas de penser à l'avenir.

Pas de doute, il était là pour se venger… S'efforçant de réprimer la panique qui montait en elle, Sally demanda :

— Et votre mère ? Elle a dû vous emmener avec elle. Où est-elle aujourd'hui ?

— Morte.

Il n'y avait aucune émotion dans la voix de l'homme et c'était peut-être encore plus déstabilisant…

— Je… je suis désolée, bredouilla-t-elle. Vraiment désolée que vous vous sentiez…

Elle s'interrompit un instant, cherchant frénétiquement le mot juste.

— … rejeté.

C'est ce qu'elle aurait éprouvé elle-même si elle n'avait pas été adoptée. Ne pas avoir de famille… Quelle tristesse ! Elle avait eu beaucoup de chance. Alors que lui…

— Je n'ai pas seulement été rejeté, répliqua-t-il d'un ton vif. J'ai été remplacé. Par vous et votre sœur.

— Je n'étais pas au courant. Et Jane non plus.

Sally déglutit péniblement. Et pourtant, elle ne pouvait s'empêcher de se sentir horriblement coupable…

— Je vais parler à ma mère, ajouta-t-elle.

Elle était beaucoup trop mal à l'aise pour continuer à discuter avec cet homme. Et de toute façon, elle avait besoin de savoir pourquoi il avait été refoulé à l'entrée.

— Ça risque d'être une conversation très intéressante, répliqua-t-il d'un ton railleur. J'aimerais bien être une petite souris pour entendre.

L'estomac de plus en plus noué, elle lança Blaze au petit galop et gagna la sortie de l'enclos. Obligée de s'arrêter pour ouvrir la clôture, elle ne put s'empêcher de se retourner.

L'homme n'avait pas bougé et son regard était fixé sur elle. Dur, accusateur, impitoyable. Si seulement il avait pu se montrer un peu plus… fraternel.

Elle prit une profonde inspiration avant de crier :

— Vous ne m'avez pas dit votre nom !

— Jack Maguire, répondit-il avec un sourire narquois.

Jack regarda la jeune fille s'éloigner. Au lieu de laisser son cheval à l'écurie, elle fila au galop jusqu'au sommet de la colline comme si elle avait tous les démons de l'enfer à ses trousses. Le soleil commençait à décliner dans le ciel, enflammant les nuages et enveloppant d'une brume rougeoyante la grande maison blanche. Nul doute que les questions de Sally Maguire à son sujet allaient semer le trouble dans la famille modèle qui avait la chance d'y demeurer, songea-t-il avec satisfaction.

Il était temps de quitter les lieux avant que lady Ellen n'envoie une meute de gardes à ses trousses. Il aurait sans doute dû se montrer moins bavard et éviter de dévoiler sa rancœur, mais l'envie de jeter un pavé dans la mare avait été irrésistible.

En tout cas, cette gamine était magnifique. Et quel plaisir d'avoir vu l'inquiétude obscurcir ces grands yeux émeraude…

Elle avait reçu beaucoup trop de la vie et lui pas assez.

Tout le problème était là.

Cependant, aujourd'hui, il était juste venu faire un tour de reconnaissance. Une fois qu'il aurait une idée plus précise de la situation, il trouverait un moyen de parvenir à ses fins.

Un jour ou l'autre, il aurait sa revanche.

1.

Dix ans plus tard

Sally regardait le cercueil de son père. Elle avait encore du mal à croire qu'il était mort. Dire qu'une crise cardiaque avait suffi à lui ôter la vie… Sans le moindre signe précurseur. A sa connaissance, il n'avait jamais été malade. Depuis toujours, il émanait de lui une telle vitalité… Le chagrin de Sally était estompé par la stupeur. Ce qui était une chance, étant donné que leur mère lui avait demandé, ainsi qu'à sa sœur, de faire preuve de la plus grande retenue pendant les funérailles.

Elles seraient le point de mire et il leur faudrait se montrer dignes de leur père, avait-elle prévenu. Sa veuve et ses filles se devaient de faire honneur à sir Leonard Maguire…

Des équipes de télévision, postées devant la cathédrale, avaient filmé leur arrivée ainsi que celle des nombreuses personnalités venues rendre un dernier hommage à l'homme d'affaires renommé. Politiciens, capitaines d'industrie, figures des sports équestres… Ils étaient tous en train de prendre place derrière elles, se saluant à mi-voix.

De l'autre côté de l'allée se trouvaient les collaborateurs les plus importants de sir Leonard Maguire. Ils avaient participé à l'édification de son empire et constituaient son autre famille, avec laquelle il avait passé beaucoup plus de temps qu'avec sa femme et ses filles.

Nul doute que la disparition de leur patron les angoissait au moins autant qu'elle les attristait, songea Sally. Une question devait les hanter. Qui prendrait la succession de sir Leonard Maguire ?

Pour sa part, elle ne comprenait rien aux affaires de son père. Jane, qui suivait des études d'infirmière, encore moins. Quant à sa mère, elle avait toujours joué à la perfection son rôle d'épouse et de maîtresse de maison, mais elle ne s'était jamais intéressée au travail de son mari.

La fortune de ce dernier leur avait toujours assuré à toutes les trois une existence privilégiée. Qu'allaient-elles devenir à présent qu'il n'était plus là ?

La réponse se trouvait sans doute dans son testament, dont la lecture aurait lieu le lendemain chez le notaire. Leur mère était très contrariée — non, furieuse — parce que Victor Newell, le notaire, avait refusé de venir jusqu'à la propriété. Malgré ses récriminations, il s'était montré inflexible. La lecture devait se faire à son étude. C'étaient les instructions de sir Leonard, avait-il fait valoir. Même lady Ellen était incapable de lutter contre le pouvoir qu'exerçait encore son défunt mari sur les gens qui avaient travaillé pour lui.

Dire que son père était mort ! C'était décidément très difficile à croire, se répéta Sally. Son père avait perdu la vie… C'était sans doute la seule chose qu'il avait jamais perdue. Sauf peut être… Le souvenir de Jack Maguire s'imposa à son esprit. Son père avait-il également perdu son fils ? Non. Il n'était sans doute pas vrai que sa première femme lui avait pris son fils. S'il en avait été séparé, c'était parce qu'il avait choisi de le laisser partir. D'ailleurs, il avait également décidé de ne pas le revoir, puisque Jack Maguire n'avait jamais reparu à la propriété de Yarramalong.

Le cœur de Sally se serra. Aujourd'hui, il était trop tard pour réparer l'injustice dont ce dernier avait été victime.

Comme il l'avait impressionnée lors de leur unique rencontre… Comment avait-il pris le nouveau rejet de son père ? Cette question la poursuivait depuis toutes ces années. En tout cas, cette épreuve ne l'avait pas empêché de devenir lui-même un homme d'affaires très en vue. Peut-être l'avait-elle même motivé, d'ailleurs.

De temps en temps, elle lisait un article à son sujet dans la presse. Il était souvent photographié en compagnie de femmes superbes à l'occasion de soirées chic, mais sur aucun cliché Sally ne l'avait vu sourire. Et son regard restait toujours froid.

Nul doute qu'il concevait une grande amertume de n'avoir jamais été accepté par son père.

Il devait être au courant de son décès. Ce dernier avait été largement commenté dans tous les médias, qui avaient d'ailleurs présenté Jack Maguire comme « le fils perdu de vue ». Quel euphémisme… Sally n'avait pu s'empêcher de se sentir de nouveau coupable d'avoir été, elle, si choyée.

Le son de l'orgue s'estompa et le silence se fit. Sally jeta un coup d'œil à sa montre ; le service allait bientôt commencer, et l'évêque de Sydney allait sortir de la sacristie d'un moment à l'autre. Alors que les derniers murmures s'éteignaient dans l'assistance, les pas d'un retardataire résonnèrent dans la nef. Apparemment, ce dernier ne se pressait pas et son passage déclenchait de nouveaux murmures.

Les pas s'arrêtèrent à la hauteur du premier rang.

Serait-ce l'évêque ? Peut-être suivait-il un cérémonial particulier… Du coin de l'œil, Sally vit sa mère tourner la tête. Elle pouvait bien en faire autant sans risquer d'être réprimandée, décida-t-elle.

C'était un homme. Vêtu d'un costume noir et d'une chemise bleu roi, il s'était immobilisé entre les deux rangées de sièges. Sally se pencha légèrement en avant pour voir son visage.

Son cœur fit un bond dans sa poitrine.

Jack Maguire !

Au même instant, il tourna la tête. Il darda un regard méprisant sur lady Ellen, puis il adressa un sourire narquois à Sally. Pétrifiée, les joues en feu, elle ne pouvait que le fixer. Il hocha brièvement la tête, comme s'il s'attendait à cette réaction, puis il se détourna et prit place au premier rang, de l'autre côté de l'allée. Sally remarqua que la place était restée libre, et qu'aucun des hauts responsables de l'entreprise de son père ne paraissait surpris de son arrivée.

Manifestement, Jack Maguire ne leur était pas inconnu.

Le considéraient-ils comme le successeur de son père ?

Au comble de la perplexité, Sally se redressa en s'efforçant de recouvrer son sang-froid.

Un à zéro ! Jack réprima un sourire triomphant. Le chagrin qu'exprimait le visage de lady Ellen dénotait un immense talent de comédienne. Quelle garce ! Dire qu'elle avait osé lui écrire pour l'informer qu'il n'était pas le bienvenu aux funérailles de sir Leonard ! Avec un peu de chance, sa présence et la place de choix qu'il occupait au premier rang allaient lui faire perdre contenance.

Les yeux subtilement ombrés pour donner de la tristesse à son regard, elle avait tout d'une gravure de mode avec son élégant chapeau noir d'où s'échappaient des mèches blondes, son collier de perles, et son tailleur noir — certainement griffé. Elle devait avoir quarante-cinq ans, mais l'argent lui permettait d'en paraître dix de moins. Pas de doute. La nymphette qui avait séduit son père avait atteint son objectif. Elle vivait dans le luxe.

Malheureusement pour elle, ça n'allait pas durer…

Les trois Maguire formaient un trio saisissant. La blonde, la rousse et la brune… Il avait juste aperçu Jane, assise à côté de Sally. Cheveux bruns, yeux bruns, teint mat. Mais la beauté éclatante de sa sœur éclipsait la sienne. Avec sa cascade de boucles cuivrées, sa peau délicate prompte à s'enflammer et ses fascinants yeux émeraude, celle-ci était encore plus superbe qu'à quatorze ans.

Il aurait beaucoup aimé la mettre dans son lit…

Et d'ailleurs, pourquoi pas ?

L'idée était très tentante, pour de multiples raisons.

Sally n'entendit pas grand-chose de la cérémonie. Trop de questions tourbillonnaient dans son esprit. Que signifiait la présence de Jack Maguire ? Etait-il juste venu pour revendiquer publiquement la relation que son père n'avait jamais assumée de son vivant ? Ou bien avait-il d'autres motivations ?

Elle jeta un coup d'œil furtif à sa mère. Ses mains n'étaient plus croisées élégamment sur ses genoux comme avant l'arrivée de Jack. Les poings crispés et les lèvres pincées, elle était manifestement hors d'elle.

Mais il n'était pas question qu'elle laisse éclater sa colère devant tout le monde, bien sûr. Elle attendrait leur retour à la maison pour se répandre en invectives, comme chaque fois qu'elle était contrariée parce que la situation échappait à son contrôle. Elle ne supportait pas que la réalité ne soit pas parfaitement conforme à ses désirs. Or, la présence de Jack Maguire gâchait très certainement l'image qu'elle s'était faite de cette cérémonie.

Sally réprima un frisson. Plus d'une fois le souvenir de

cet homme avait perturbé son sommeil. Elle n'avait jamais pu l'oublier. L'idée qu'il était privé de tout ce dont elle profitait l'avait mise plus d'une fois très mal à l'aise devant les largesses de son père.

Les hymnes, les prières et les oraisons funèbres se succédèrent, puis vint le moment de se lever pour suivre le cercueil jusqu'à la sortie de la cathédrale. Lady Ellen quitta son siège la première. Sally et Jane étaient censées l'entourer, mais Jack Maguire les devança et prit place à côté de la veuve de son père, obligeant ses filles à rester derrière elle.

Sally sentit son estomac se nouer. Sa mère allait-elle perdre son sang-froid ? Consciente elle aussi du danger, Jane lui prit la main. C'était une jeune fille timide, qui avait toujours eu trop peur des chevaux pour tenter de les monter, et qui faisait un souffre-douleur idéal lorsque leur mère perdait le contrôle d'elle-même.

Relevant le menton, lady Ellen commença à avancer, ignorant l'homme qui se trouvait à son côté. Laissant échapper un même soupir de soulagement, Sally et Jane suivirent le couple.

Sauf que ce n'était pas un couple, songea Sally. Loin de là… Sa mère et Jack Maguire étaient deux ennemis jurés sans doute prêts à s'affronter dans un combat sans merci. Les nerfs à fleur de peau, elle fixa la nuque de Jack Maguire. Si seulement elle avait pu lire dans ses pensées ! Dix ans plus tôt, il avait renoncé à semer le trouble dans sa famille. Mais de toute évidence, le décès de son père venait de changer la donne.

Son désir de vengeance devait être d'autant plus grand qu'il avait été réprimé pendant des années…

Dès qu'ils eurent dépassé le dernier rang et que personne ne risquait plus de l'entendre, lady Ellen murmura d'un ton acerbe :

— Vous n'avez pas reçu la lettre dans laquelle je vous demandais de ne pas assister aux funérailles ?

— Vous imaginiez vraiment que j'allais vous obéir docilement, *lady* Ellen ? railla Jack.

— Votre père n'aurait pas souhaité votre présence.

— Mon père n'est plus en état d'exprimer sa volonté.

— Pendant toutes ces années, il n'a jamais souhaité vous voir.

— Au contraire. Nous déjeunions régulièrement ensemble. A votre insu.

Stupéfaite, Sally retint son souffle. Comment sa mère allait-elle réagir à cette révélation ?

— Je ne vous crois pas !

— Demandez à sa secrétaire, suggéra Jack d'un ton moqueur. C'était elle qui organisait les rendez-vous. Ou bien interrogez n'importe lequel de ses collaborateurs. Ils sont tous au courant.

Ce qui expliquait pourquoi un siège lui avait été réservé au premier rang ! De toute façon, son assurance ne laissait aucun doute sur la véracité de ses propos. Sally ne put s'empêcher de se réjouir. Même si sa mère était furieuse, c'était une bonne nouvelle. Il était trop injuste que Jack Maguire ait été exclu de la famille pendant si longtemps.

A la sortie de la cathédrale, ils attendirent en silence dans la chaleur écrasante de l'après-midi d'été que les employés des pompes funèbres descendent les marches et mettent le cercueil dans le corbillard.

Quelles pensées agitaient sa mère ? se demanda Sally. Malgré sa colère, elle aurait mieux fait de reconnaître que la présence de Jack Maguire était légitime. Cela aurait été l'attitude la plus élégante. D'autant plus qu'elle n'avait aucun moyen de l'obliger à partir. Jamais il ne se plierait à ses exigences. Il n'était pas de la même espèce que les fils à papa inconsistants qu'elle leur présentait régulièrement, à

Jane et à elle, dans l'espoir de les marier. Jack ressemblait plutôt à un fauve dangereux, prêt à sortir ses griffes.

Un long frisson parcourut Sally.

Etait-ce de la peur ou de l'excitation ?

A vrai dire, elle n'en savait rien.

Allait-il lui parler ? Pourvu que oui… Elle avait tellement envie de nouer des liens avec lui ! Malheureusement, étant donné les circonstances, il y avait peu de chances que ce souhait soit exaucé…

De toute évidence, il avait accepté de se tenir à l'écart tant que son père était en vie. Mais à présent, il n'avait plus aucune raison de ménager la famille qui l'avait exclu. Comment sa mère avait-elle pu lui écrire pour lui demander de ne pas venir aux funérailles de son propre père ? C'était odieux. Et aussi imprudent que d'agiter un chiffon rouge devant un taureau furieux…

— S'il vous plaît, ayez la décence de partir, murmura lady Ellen d'une voix sifflante.

— J'estime que la décence m'impose au contraire de rester, répliqua froidement Jack Maguire.

— Vous ne faites pas partie de notre famille.

— C'est vrai. Et si je suis ici, c'est pour mon père. Pas pour vous ni pour vos filles.

— Nous comptions beaucoup plus que vous pour lui.

La voix de lady Ellen était de plus en plus vibrante de colère.

Jack Maguire lui jeta un regard méprisant.

— Eh bien, j'espère que vous avez amassé une mine de souvenirs, parce que c'est tout ce qui va vous rester.

— Que voulez-vous dire ?

Ignorant cette question, Jack Maguire commença à descendre les marches.

Lady Ellen se précipita derrière lui et lui agrippa le bras.

— Que voulez-vous dire ? insista-t-elle avec une pointe d'hystérie.

Il baissa les yeux sur les doigts crispés sur sa manche, puis il haussa les sourcils d'un air sarcastique.

— Auriez-vous besoin de mon soutien, lady Ellen ?

— Bien sûr que non !

Retirant vivement sa main, elle descendit les marches.

Jack Maguire la suivit d'un pas nonchalant. Manifestement, qu'elle le précède ne le perturbait pas le moins du monde, songea Sally en descendant à son tour en compagnie de Jane. En tout cas, les caméras de télévision avaient dû filmer la scène et les journalistes ne manqueraient pas d'accompagner sa diffusion de commentaires insidieux sur les relations tendues entre la veuve et le fils de sir Leonard Maguire. Ce qui allait décupler la fureur de sa mère…

Au pied des marches, ils s'immobilisèrent de nouveau, le temps que toutes les fleurs soient chargées dans le fourgon mortuaire.

— Je vous préviens, il est hors de question que vous montiez dans le corbillard avec nous, murmura lady Ellen en s'efforçant de garder un air à peu près digne.

— Rassurez-vous, je n'ai pas l'intention de vous accompagner, répliqua Jack avant de se tourner vers Sally.

Sous le regard bleu électrique dardé sur elle, elle sentit son cœur s'affoler dans sa poitrine. Impossible de détourner les yeux… Et de toute façon, elle n'en avait aucune envie. Il était si fascinant… Si séduisant… Jamais elle n'avait été aussi troublée par un homme.

Etant donné les circonstances, c'était très fâcheux. Malheureusement, elle n'y pouvait rien.

— Je dois dire que le deuil vous va bien, Sally, déclara-t-il avec un petit sourire. J'ai rarement vu une femme aussi belle.

Elle fut aussitôt envahie par une chaleur intense. Jamais

personne ne lui avait fait un tel compliment… Mais ce dernier était sans doute destiné à humilier sa mère, dont la beauté suscitait l'admiration de tous. Qu'une de ses filles puisse l'éclipser ne pouvait que la hérisser…

Oui, mieux valait ne pas se faire d'illusions : pour Jack tous les moyens étaient bons pour se venger de sa mère.

Dommage, parce que pour sa part, elle aurait pu lui retourner le compliment avec sincérité. Elle n'avait jamais vu un homme aussi superbe.

— Mais ce n'est ni le moment ni l'endroit pour des retrouvailles, poursuivit-il d'un ton désinvolte. Peut-être demain, après le rendez-vous chez Vincent Newell.

— Vous… serez… là ? bafouilla Sally.

Voilà qui expliquait pourquoi le notaire avait insisté pour que la lecture du testament ait lieu à son étude… Une vive appréhension s'empara de Sally. Jack venait de dire à sa mère qu'il ne lui resterait bientôt plus que des souvenirs de son défunt mari… Etait-ce parce que son père avait légué tous ses biens à son fils ?

— Oui, je serai là. A demain, mesdames, ajouta-t-il d'une voix suave.

Puis il s'éloigna lentement, d'une démarche assurée.

Comme un conquérant qui venait d'infliger à l'ennemi une défaite cuisante.

L'entrepreneur des pompes funèbres s'approcha des trois femmes et les invita à monter dans le corbillard. Le moment était venu de gagner le cimetière.

Jack y serait-il à leur arrivée ? se demanda Sally, le cœur battant.

Sans doute pas.

Il avait atteint son objectif.

L'angoisse n'allait plus les quitter jusqu'au rendez-vous chez le notaire.

2.

Le lendemain, sur le chemin de l'étude du notaire, Sally était partagée entre des sentiments contradictoires. Si sa mère, sa sœur et elle se trouvaient brusquement privées de ressources, ce serait terrible, bien sûr. Malgré tout, elle ne pouvait s'empêcher de souhaiter secrètement que Jack hérite de son père.

Sa mère, en revanche, ne cessait de fulminer contre la brebis galeuse qui avait osé venir les narguer aux funérailles de sir Leonard. Et surtout, elle tentait de se convaincre que Jack avait joué la comédie dans le seul but de se venger d'avoir été exclu de la famille.

Elle se faisait des illusions, mais mieux valait ne pas le lui faire remarquer, décida Sally. Inutile de nourrir cette colère déjà terrible, qui faisait trembler sa sœur.

— Qu'allons-nous faire s'il hérite de tout ? murmura Jane d'une voix faible, alors que leur mère se lançait dans une énième diatribe contre Jack.

— Il faut être réaliste, Jane, répondit Sally d'un ton apaisant. Nous avons eu beaucoup de chance pendant toutes ces années. Si la chance nous quitte, nous devrons simplement nous prendre en charge au lieu de nous en remettre aux autres.

Sa sœur secoua la tête d'un air désespéré.

— Je ne suis pas aussi forte que toi.

Sally réprima un soupir. C'était vrai. Jane passait son temps à chercher l'approbation des autres, et quand elle n'y parvenait pas, elle en était dévastée. Alors que pour sa part, elle avait acquis en pratiquant l'équitation une discipline et une endurance qui l'avaient aidée à s'affirmer. Elle ne se laisserait pas abattre par l'adversité, elle le savait. Malheureusement, il lui était impossible d'insuffler à Jane un peu de son propre courage. Sa sœur était d'une nature beaucoup trop différente de la sienne… timide, craintive, et bien souvent d'une faiblesse exaspérante.

— Ne t'inquiète pas. Nous sommes sœurs. Je ne t'abandonnerai jamais, assura-t-elle.

Ce qui déclencha un flot de larmes de gratitude.

La crainte d'être abandonnée hantait les cauchemars de Jane. Sans doute était-ce une peur commune à tous les enfants adoptés. Elle aussi souffrait d'un certain sentiment d'insécurité, reconnut Sally. C'était d'ailleurs sans doute ce qui l'avait incitée à profiter pleinement de toutes les chances que lui offrait sa vie au sein de la famille Maguire. Pour autant, elle ne les avait jamais considérées comme définitivement acquises. Elle s'était même toujours sentie redevable de son adoption. Le prix à payer étant de répondre consciencieusement aux exigences de sa mère et de faire tout son possible pour que son père soit fier d'elle.

Le seul amour inconditionnel qu'elle connaissait était celui qui la liait à Jane, bien qu'elles ne soient pas sœurs de sang. Et si les privilèges dont elles avaient joui jusqu'à présent devaient leur échapper… il leur resterait toujours cette affection.

A leur arrivée chez le notaire, on leur demanda d'attendre à la réception que la secrétaire de Me Newell vienne les chercher. Lady Ellen prit ça pour une marque de respect, ce qui la calma un peu. Elle parut également flattée par la déférence de la secrétaire, qui lui présenta ses condoléances. Celle-ci les conduisit ensuite dans une pièce aux murs tapissés d'étagères pleines de livres anciens reliés en maroquin. Cinq fauteuils de cuir vert étaient disposés autour d'une table ovale en acajou, tandis que dans un coin attendait un chariot chargé de rafraîchissements.

Cinq fauteuils… Les questions se bousculèrent de nouveau dans l'esprit de Sally. Le cinquième était-il pour la secrétaire ou bien pour Jack Maguire ? Leur avait-il donné rendez-vous chez le notaire uniquement pour les tourmenter et se venger de la lettre envoyée par sa mère ?

La secrétaire invita lady Ellen à s'asseoir en bout de table entourée de ses deux filles, puis elle leur offrit à boire. Sally choisit un verre d'eau, aussitôt imitée par Jane. Lady Ellen en revanche n'hésita pas à réclamer une tasse de Earl Grey, préparé dans les règles et servi avec une rondelle de citron. On leur proposa également des canapés et des pâtisseries. Ni Sally ni Jane n'avaient le cœur à manger, mais leur mère accepta avec empressement. De toute évidence, elle avait décidé qu'il n'y avait plus aucune raison de s'inquiéter…

Après avoir terminé le service, la secrétaire annonça qu'elle allait prévenir Me Newell qu'elles l'attendaient.

— Va-t-elle revenir ? chuchota Jane d'un ton anxieux en indiquant le cinquième fauteuil.

— Je ne sais pas, répondit Sally.

Leur mère semblait rassurée, mais il n'était pas exclu que Jack Maguire arrive au dernier moment…

— Qu'est-ce que vous marmonnez ? demanda lady Ellen.

Jane devint écarlate et s'affaissa dans son fauteuil.

— Nous nous demandons ce qui va se passer, expliqua Sally.

— De toute évidence, ce… mufle a menti, hier ! Nous sommes les seules à avoir été convoquées et donc les seules bénéficiaires du testament, affirma lady Ellen avec assurance.

Si elle émettait des doutes, la bonne humeur de sa mère s'évanouirait instantanément. Mieux valait donc observer un silence prudent, décida Sally. Ce qui ne l'empêchait pas d'être anxieuse. Mais qu'espérait-elle, exactement ? Que Jack Maguire ait menti ou bien qu'il ait dit la vérité ?

Pour être honnête, elle souhaitait le voir apparaître et prendre place autour de la table. Même si cela devait signifier la fin de son existence privilégiée. Elle espérait sincèrement qu'il allait hériter de son père. Ce serait la moindre des choses.

Mais surtout, elle avait envie de le revoir… D'être de nouveau parcourue de longs frissons sous son regard bleu électrique… De faire plus ample connaissance avec lui… D'ailleurs, n'avait-il pas suggéré des retrouvailles après le rendez-vous chez le notaire ?

Etant donné l'histoire familiale, envisager une telle éventualité était de la pure folie. D'ailleurs, si sa mère avait pu lire dans ses pensées, elle aurait fait une crise de nerfs. Et Jane aurait été affolée. Mais c'était plus fort qu'elle. A l'idée qu'elle allait peut-être revoir cet homme et nouer des liens avec lui, elle était envahie par une excitation intense.

Jamais personne ne lui avait fait un tel effet

Mais c'était sans doute un rêve stupide qu'il valait mieux oublier.

La porte s'ouvrit et le cœur de Sally fit un bond dans sa poitrine. Mais au lieu de Jack Maguire, elle vit entrer un homme grand et mince, d'une élégance raffinée en costume gris sombre, chemise blanche et cravate bordeaux. La pointe d'une pochette bordeaux dépassait de sa poche de poitrine. Le front légèrement dégarni, il portait des lunettes sans monture, posées sur un nez aquilin. Il devait avoir la cinquantaine.

Victor Newell, sans doute. Elle n'avait jamais rencontré le notaire, mais le nouvel arrivant avait l'assurance qu'on pouvait attendre d'un homme à la tête d'une des études les plus réputées de Sydney.

D'un geste de la main, il invita quelqu'un qui se trouvait encore dans le couloir à entrer dans la pièce.

Sally retint son souffle. Pourvu que…

Oui !

C'était Jack Maguire !

Une joie intense s'empara d'elle.

Elle était si heureuse que son père ne l'ait pas déshérité !

Mais pourquoi se mentir ? Ce n'était pas la seule raison de l'euphorie qui la grisait…

Jack regarda les trois femmes installées autour de la table. C'était le moment de vérité…

Les yeux de lady Ellen étincelaient de haine et une moue de dépit crispait sa bouche, constata-t-il avec satisfaction. Elle avait pourtant égayé ses vêtements de deuil, ce matin. Le bord de son chapeau noir et les revers de sa veste de tailleur étaient soulignés d'un liseré blanc.

Sally ne portait pas de chapeau, et ses épaisses boucles cuivrées ruisselaient sur ses épaules. Les verrait-il un jour éparpillées sur un oreiller ? Elle était vêtue d'une robe chemisier de lin gris-vert, très stricte, parfaitement adaptée aux circonstances. Même si tous ces boutons constituaient une tentation redoutable… Ses superbes yeux émeraude étaient fixés sur lui. Et ses lèvres pulpeuses n'étaient pas pincées comme celles de sa mère. Comment réagirait-elle s'il les écrasait sous les siennes ?

Sa jeune sœur, qui semblait sur le point de s'évanouir, le regardait avec effroi comme s'il était le diable en personne.

Vêtue de beige, elle ne portait pas de chapeau non plus. Avec ses cheveux châtains et ses yeux bruns, elle paraissait bien fade à côté de Sally. Elle rêvait manifestement de disparaître sous terre et il ne pouvait s'empêcher d'éprouver pour elle une certaine compassion. Ce qui était absurde. Après tout, elle avait largement profité de la fortune des Maguire pendant vingt et un ans.

— Madame, mesdemoiselles ! lança-t-il d'un ton jovial en s'asseyant.

Sally fut la seule à lui répondre et elle s'empourpra aussitôt. Toutefois, elle ne s'estimait pas obligée d'adresser un regard contrit à sa mère, constata-t-il avec satisfaction. Elle continuait de le regarder, une lueur rebelle dans les yeux.

Soudain, il fut transpercé par un éclair de désir. Cette femme avait du tempérament. Nouer une relation intime avec elle était décidément très tentant… Cette idée le poursuivait depuis la veille. A vrai dire, il avait rarement trouvé une femme aussi désirable. Tout en elle lui plaisait.

Toutefois, après la lecture du testament, elle risquait fort de le considérer comme son pire ennemi. Ce qui à vrai dire rendait la situation encore plus excitante.

Victor Newell salua cérémonieusement chacune des trois femmes avant de prendre place en bout de table, en face de lady Ellen. Celle-ci lança aussitôt un regard condescendant à Jack.

Il réprima un sourire. De toute évidence, elle s'imaginait que la place qu'elle occupait la désignait comme la principale bénéficiaire du testament et qu'il n'était là que comme figurant…

Prenant un air grave, le notaire croisa les mains sur le dossier qu'il venait de poser devant lui.

— Je vous présente mes sincères condoléances, lady

Ellen. La disparition soudaine de sir Leonard est une grande perte.

Lady Ellen eut un petit hochement de tête très digne.

Victor Newell ouvrit le dossier et y prit une enveloppe qu'il décacheta.

— Ce testament a été rédigé il y a un an. Il est très simple. Il comporte deux bénéficiaires. En voici la lecture. « A mon fils, Jack Ryan Maguire, je laisse un dollar… »

— Un dollar !

Lady Ellen s'esclaffa bruyamment.

— Comme c'est astucieux de la part de Leonard ! Vous ne pouvez pas contester son testament puisqu'il vous y a couché ! lança-t-elle à Jack d'un air triomphant.

— Je n'ai jamais eu l'intention de le contester, répliqua-t-il avec le plus grand calme, tout en observant Sally.

Manifestement embarrassée par la réaction de sa mère, la jeune femme le regarda d'un air consterné avant de baisser les yeux. Elle semblait sincèrement peinée que son père ne lui lègue rien, songea-t-il avec satisfaction. Ainsi, c'était un cœur tendre et désintéressé… Voilà qui la rendait encore plus séduisante.

Assailli par une nouvelle bouffée de désir, Jack prit une profonde inspiration.

Bon sang ! Cette femme lui faisait décidément un effet incroyable…

Il fallait à tout prix qu'il parvienne à ses fins avec elle. D'une manière ou d'une autre.

Victor Newell s'éclaircit la voix avant de poursuivre la lecture du testament.

— « Je lègue tous mes biens à mon épouse Ellen Mary Maguire, à condition qu'elle me survive pendant trente jours. Dans le cas contraire, tout reviendra à mes deux filles, Sally Ann Maguire et Jane Therese Maguire. »

Le notaire referma le dossier et croisa les mains dessus avec une moue contrite.

— Je suis désolé, lady Ellen, mais il m'incombe à présent de vous préciser que sir Leonard a perdu dernièrement la plus grande partie de ses biens.

Le sourire triomphant de lady Ellen s'évanouit.

— Que voulez-vous dire ?

Jack savoura le moment avec délectation. Il tenait enfin sa revanche. C'était pour avoir le droit d'assister à la lecture du testament qu'il avait demandé à son père de lui léguer un dollar : il voulait absolument voir le visage de cette femme se décomposer au moment où elle récolterait son dû. Contrairement à sa mère, la première Mme Maguire, elle ne se retrouverait pas complètement démunie, mais son cœur cupide allait souffrir. Oh, la blessure ne serait pas mortelle… Juste assez pour réparer l'injustice qu'elle lui avait fait subir pendant toutes ces années.

— Lorsque sir Leonard a rédigé ce testament, il y a un an, il était au bord de la faillite, expliqua Victor Newell.

— Quoi ? s'écria lady Ellen d'une voix stridente. S'il avait eu des problèmes aussi graves, il me l'aurait dit !

— Je suis désolé qu'il vous ait caché cette information, déclara le notaire d'un ton compatissant. Néanmoins, elle est parfaitement exacte. En affaires, sir Leonard prenait beaucoup de risques. Cela a fini par le perdre. Tout était sur le point de s'écrouler autour de lui.

— Je ne vous crois pas ! Je m'en serais rendu compte ! protesta lady Ellen d'un ton véhément. Si ce que vous dites est vrai, comment expliquez-vous que nous ayons continué à vivre comme avant ?

Manifestement embarrassé, le notaire s'éclaircit la voix.

— Sir Leonard tenait sans doute à maintenir une distinction très nette entre sa vie professionnelle et sa vie privée. C'est d'ailleurs tout à son honneur d'avoir préservé cette dernière. Il n'en reste pas moins que sa situation était critique. En plus de la faillite, il risquait une condamnation pour fraude, ce qui lui aurait valu une lourde peine de prison. Heureusement pour lui, son fils lui a offert de le renflouer.

Lady Ellen laissa échapper un petit cri étranglé.

Sally, elle, l'observait d'un air songeur, constata Jack. Loin d'être en état de choc, elle semblait essayer de comprendre pourquoi il avait volé au secours de son père.

Quant à Jane, recroquevillée sur son siège, la tête baissée et les yeux fermés, elle semblait attendre un coup. Jack plissa le front. Son attitude n'était pas due uniquement au coup de théâtre qui venait de se produire. Cette fille avait une mentalité de victime. Pourquoi ? Ce genre de personnalité se construisait au fil des années. L'indifférence pouvait être une forme de maltraitance, et son père en avait été un grand spécialiste… Toutefois, il n'était pas exclu que lady Ellen puisse faire preuve d'une cruauté plus directe…

Il reporta son regard sur cette dernière. Comme il haïssait cette femme ! Et quelle revanche d'être témoin de son dépit ! Pour une fois qu'elle occupait la place de la victime…

— L'accord passé entre M. Jack Maguire et sir Leonard devait rester confidentiel, poursuivit le notaire. Il prévoyait le paiement de toutes les dettes de l'entreprise et la sauvegarde de tous les emplois. Sir Leonard prenait le titre de directeur général, accompagné d'un salaire de cinq millions de dollars par an. En contrepartie, il devait rédiger un nouveau testament. Celui que je vous ai lu, qui stipule que son fils recevra un dollar, tandis que le reste de ses biens vous reviendra, lady Ellen… Mais comme je viens de vous l'expliquer, ces biens sont très réduits. Tout ce que M. Jack Maguire a sauvé de la faillite lui a été cédé par sir Leonard. Non seulement l'ensemble de ses entreprises, mais aussi tous ses biens personnels.

— Pas la maison, tout de même !

— La maison également, ainsi que tout ce qu'elle contient, confirma le notaire.

Il lança un regard implorant à Jack avant d'ajouter :

— Mais vous pourrez peut-être vous entendre avec M. Maguire pour conserver vos bijoux et autres effets personnels, lady Ellen.

Jack resta muet. Qu'elle reste dans l'incertitude pendant quelque temps ! Cette garce le méritait amplement.

— Les chevaux…, murmura Sally, soudain très pâle.

Voilà donc le point faible de cette superbe jeune femme rousse, songea-t-il. C'était bon à savoir…

— Les chevaux ont été achetés par sir Leonard, rappela Victor Newell d'un ton compatissant. Ils appartiennent donc désormais à son fils. Vous devez comprendre que si votre père avait fait faillite, tous ses biens auraient été saisis. Si vous avez pu en conserver l'usufruit depuis un an, c'est uniquement grâce à l'intervention de M. Jack Maguire.

— Vous l'avez poignardé dans le dos ! hurla lady Ellen en dardant sur Jack un regard accusateur. C'est vous qui l'avez tué avec votre rachat ! Vous lui avez brisé le cœur !

— Le déshonneur et la prison le lui auraient brisé bien davantage, rétorqua-t-il posément. Le rachat a permis à mon père, ainsi qu'à vous trois…

Il se tourna vers Sally.

— … de mener un an de plus la vie à laquelle vous étiez habitués.

Une vie qui lui avait été volée lorsqu'il avait sept ans…

A en juger par son regard, Sally en était consciente. Il y avait de la tristesse dans ses yeux, mais aucune haine. Elle ne lui en voulait pas. Estimait-elle que ce n'était que justice ?

— Par ailleurs, au cours de la dernière année, sir Leonard

a pris la précaution de placer une partie de son salaire, précisa le notaire. Ce qui vous assure un héritage non négligeable, lady Ellen. Le courtier de sir Leonard pourra vous donner plus de détails, mais je crois qu'il s'élève à environ quatre millions de dollars.

— Quatre millions ! Mais Leonard valait des milliards !

— Plus depuis un an.

— Je me battrai !

Bondissant sur ses pieds, lady Ellen frappa violemment sur la table et se pencha vers le notaire.

— Je ne me laisserai pas jeter dehors !

Elle lança à Jack un regard venimeux.

— Ne vous faites aucune illusion. Vous ne me prendrez pas la propriété.

— Depuis un an, mon père me payait un loyer, répliqua-t-il d'un ton narquois. Vous n'avez aucun droit sur elle. D'ailleurs, dès aujourd'hui, vous allez recevoir un avis d'expulsion.

— Comment osez-vous ?

Il eut un sourire mielleux.

— Je vous dois bien ça, lady Ellen.

— Vous ne me chasserez pas !

Victor Newell se leva.

— Je comprends que vous soyez sous le choc, lady Ellen. Cependant, il est de mon devoir de vous informer que d'un point de vue légal, rien ne vous autorise à contester les dispositions que je viens de vous énoncer. Vous n'avez aucune chance de les faire annuler.

— C'est ce que nous verrons !

Elle se tourna vers ses filles.

— Venez, nous partons !

Les deux sœurs se levèrent.

— Sally…

La voix de Jack fit tressaillir la jeune femme.

— J'aimerais vous parler en privé, déclara-t-il.

— De quoi ? demanda-t-elle, le souffle court.

Sa mère l'agrippa par le bras.

— Je t'interdis d'adresser la parole à ce voleur !

— Des chevaux, répondit Jack.

Ignorant sa mère, Sally le regarda d'un air interrogateur.

— Je voudrais discuter de l'avenir des écuries, précisa-t-il. Je sais à quel point les concours équestres sont importants pour vous.

A vrai dire, il n'était sûr de rien. Mais quelque chose lui disait que cet argument devrait inciter la jeune femme à rester…

— Ne l'écoute pas ! lui intima lady Ellen. Il ne faut pas croire un seul mot de ce qu'il raconte. Viens !

— Non, répliqua fermement Sally. Je veux savoir ce qu'il a à me dire.

— Tu tiens absolument à faire son jeu ? Tu ne comprends pas qu'il n'y a rien à attendre de lui ? Il cherche seulement à nous humilier !

— S'il existe une possibilité de garder mes chevaux, je veux la connaître.

Jack réprima un sourire. Comme ces paroles étaient douces à ses oreilles…

— Allez-y, je vous rejoindrai plus tard, ajouta Sally.

— Tu l'auras voulu, pauvre idiote ! Après tout, je me moque de ce qui peut t'arriver !

Sa mère lui lâcha le bras et saisit celui de Jane, qu'elle entraîna sans ménagement vers la sortie.

Jack fut envahi par une intense jubilation. Gagné ! Il allait s'entretenir en tête à tête avec Sally Maguire…

Jusqu'où était-elle prête à aller pour garder ses chevaux ?

3.

Sally avait l'estomac noué. Sa mère allait se déchaîner lorsqu'elle rentrerait chez elle. Sauf qu'elles n'étaient plus chez elles à Yarramalong… La propriété appartenait à Jack Maguire. Comme tout ce qu'elle contenait. S'il était possible de préserver quelque chose de son ancienne vie, il aurait été stupide de ne pas saisir cette chance.

Et quelle importance si Jack Maguire tenait à l'humilier ? N'avait-il pas été traité comme un paria pendant des années ? Elle pouvait bien supporter quelques instants d'humiliation. L'essentiel était d'apprendre ce qu'il voulait lui proposer. Et de satisfaire, au moins en partie, la curiosité qu'il faisait naître en elle…

— Voulez-vous que j'assiste à cet entretien ?

La voix du notaire la fit tressaillir.

— Non, merci, Victor, répondit Jack. Si j'ai besoin de vous plus tard, je vous le dirai.

Puis il adressa un sourire charmeur à Sally.

— J'ai pensé que nous pourrions déjeuner au Skyroom, le restaurant situé au dernier étage de cet immeuble. Cela vous convient-il ?

— Oui.

Cette proposition était inespérée ! se dit-elle, le cœur battant. Elle n'avait aucune envie que cet homme reste un ennemi. Et avec un peu de chance, ce déjeuner lui donnerait le temps nécessaire pour en apprendre beaucoup plus à son sujet.

Peut-être même parviendrait-elle à le faire changer d'avis au sujet de l'expulsion. Ou au moins à en retarder l'échéance. En tout cas, ce n'était pas en se montrant hostile qu'elle parviendrait à obtenir quoi que ce soit de lui. Accepter son invitation ne la mènerait peut-être nulle part non plus, mais au moins elle aurait tenté sa chance.

— Parfait ! commenta-t-il.

Puis il se tourna vers le notaire.

— Merci pour votre prestation, Victor. De grande classe, comme d'habitude.

Avec un bref hochement de tête, le notaire lui tendit la main, ainsi qu'à Sally.

Elle le remercia à son tour. C'était la moindre des choses. Il s'était montré particulièrement courtois et diplomate, mais cela ne lui avait valu que des récriminations. Même si sa mère était en état de choc, ce n'était pas une excuse : elle aurait dû faire preuve d'un peu plus de dignité. Son attitude ne facilitait pas les choses et ne pouvait que renforcer la détermination de Jack Maguire à se montrer impitoyable.

En se retrouvant seule avec ce dernier dans l'ascenseur, Sally fut envahie par un trouble profond. Que lui voulait-il, au juste ? Il ne pouvait pas réellement s'intéresser aux chevaux. Et encore moins à elle.

Et pourtant… C'était stupide, mais elle ne pouvait s'empêcher de trembler.

Il appuya sur le bouton du dernier étage avec un sourire malicieux.

— Si je comprends bien, vous n'obéissez pas toujours aux ordres de votre mère ?

— Je ne suis plus une petite fille, répliqua-t-elle en relevant le menton.

— Non, en effet.

Devant la lueur appréciatrice qui brillait dans les yeux de Jack, Sally sentit son cœur s'affoler de plus belle. L'attirance qu'elle éprouvait pour cet homme serait-elle partagée ? Hier, il lui avait dit qu'elle était belle... Mais c'était sans doute pour humilier sa mère, se rappela-t-elle aussitôt.

Il était si beau dans ce costume qui accentuait le bleu de ses yeux... Et l'idée qu'il pourrait se passer quelque chose entre eux était si excitante !

Caresser un tel espoir était à la fois insensé et inconvenant de sa part... Mais c'était plus fort qu'elle. Impossible de s'en empêcher. Malgré tout, il fallait absolument qu'elle parvienne à garder son sang-froid. Son amour-propre lui imposait de ne pas dévoiler à quel point elle était sensible à son charme.

— Vous avez dit que vous déjeuniez régulièrement avec mon père, déclara-t-elle en s'efforçant de prendre un air dégagé. Etiez-vous devenus proches ?

— Pas autant qu'un père et son fils peuvent l'être, rétorqua-t-il d'un ton sarcastique. Cependant, il en était arrivé à me considérer comme son égal en affaires et il aimait se tenir informé de mes activités.

— Il a dû vous être très reconnaissant de lui avoir proposé de renflouer sa société.

Une lueur moqueuse s'alluma dans les yeux bleus de Jack.

— Ça l'a rendu malade ! Malheureusement pour lui, il ne pouvait pas se permettre de refuser mon offre.

— Pourquoi avez-vous décidé de l'aider ?

— Prendre sa place à la tête de la société, après avoir été tenu à l'écart pendant des années, voilà qui était trop tentant.

Devant le sourire cynique de Jack, Sally sentit son cœur se serrer. Quelle tristesse qu'il n'ait jamais réussi à établir avec son père la relation qu'il avait toujours recherchée... Il avait dû cruellement souffrir. Et sans doute ne s'en était-il pas encore vraiment remis malgré sa revanche éclatante.

— Je suis désolée que vous n'ayez jamais obtenu ce que vous attendiez de lui, déclara-t-elle d'une voix douce.

Le visage de Jack se ferma et elle se maudit. De toute évidence, il ne voulait surtout pas de sa compassion. Venait-elle de tout gâcher ? Allait-il devenir agressif ?

L'ironie remplaça vite la colère dans les yeux bleus fixés sur elle.

— Vous vous trompez. J'ai obtenu ce que je voulais. Et en prime, j'ai réussi à prendre à votre mère la demeure sacrée dans laquelle je n'ai jamais eu le droit de mettre les pieds.

Elle déglutit péniblement. Il ne semblait y avoir aucun espoir de retarder l'expulsion…

— Comment auriez-vous réagi si elle vous avait ouvert la porte ? demanda-t-elle en se rappelant leur première rencontre.

Il haussa les épaules.

— A quoi bon perdre du temps avec de vaines questions ? Il est impossible de revenir sur le passé, et aujourd'hui, votre mère récolte ce qu'elle a semé.

Il eut une moue sardonique avant d'ajouter :

— Or la récolte s'annonce très bonne.

Sally réprima un frisson.

Sa mère avait-elle raison ? Faisait-elle son jeu en acceptant de discuter avec lui ? Devait-elle se montrer plus méfiante ?

L'ascenseur s'immobilisa et les portes s'ouvrirent.

D'un geste, Jack l'invita à sortir de la cabine.

Sally eut un instant d'hésitation, mais elle se reprit aussitôt. Pas question de passer pour une lâche, décida-t-elle en sortant dans le hall. Même si elle avait le sentiment très désagréable de se jeter dans la gueule du loup… Mais pas de panique. Pendant le déjeuner, ils seraient entourés d'une foule de gens. Que pouvait-il lui arriver ?

Elle pénétra dans le restaurant en s'efforçant de se concentrer sur la vue spectaculaire, tandis qu'on les conduisait jusqu'à une table pour deux. Une fois installée dans un fauteuil confortable, elle promena autour d'elle un regard impressionné. Décorée de bleu et de blanc, la salle aux immenses baies vitrées donnait l'impression à ses occupants de flotter dans le ciel. Au serveur qui leur apportait les menus, Jack commanda deux coupes de champagne.

Sally reporta son attention sur l'homme qui possédait à présent tout ce que son père avait bâti.

— Vous pensez que je vais trinquer à votre victoire, Jack ? ironisa-t-elle, surprise par sa propre audace.

Il laissa échapper un petit rire ravi qui éclaira son visage. Allons bon, il était encore plus séduisant quand il riait… Elle s'efforça de calmer les battements frénétiques de son cœur. Car, à en juger par le regard dont il l'enveloppait, il était parfaitement conscient du pouvoir qu'il exerçait sur elle…

— Il faut bien fêter ça, non ?

— Le roi est mort, vive le roi, c'est ça ? demanda-t-elle d'un ton vif.

Pour sa part, la mort de son père ne lui donnait aucune envie de se réjouir.

— Vous l'aimiez, Sally ?

Elle réfléchit. Etait-elle profondément affectée par la disparition de son père ? Pour être très honnête, elle ne se sentait pas accablée de tristesse. Plutôt qu'un père affectueux, Sir Leonard Maguire avait été un bienfaiteur exigeant, qui attendait de la reconnaissance pour ses largesses. Et il fallait bien reconnaître qu'elle avait toujours été révoltée par sa froideur vis-à-vis de Jane.

— Ce n'était pas un homme facile à aimer, reconnut-elle avec franchise. Mais j'ai quand même passé de bons moments avec lui.

— Vous aimait-il ?

De nouveau elle hésita. Jack s'était toujours vu refuser l'affection de son père. En répondant par l'affirmative, elle risquait de le blesser profondément. Mais de toute façon, pouvait-elle affirmer que sir Leonard l'avait aimée ? Sans doute pas.

— C'est difficile à dire. Il n'était pas très démonstratif. Cependant, je sais qu'il m'appréciait et qu'il était fier de mes performances lors des concours équestres.

— Vous vous donniez du mal pour lui faire plaisir ?

— Non, je faisais ça pour moi, rectifia-t-elle dans un élan de fierté.

— Mais en réussissant, vous gagniez son approbation.

Comment le nier ? Jack avait raison. Les meilleurs moments qu'elle avait passés avec son père étaient consécutifs à des victoires. Les fois où elle avait commis des erreurs ou obtenu des résultats moyens, il s'était détourné d'elle. Comme si plus rien ne les liait. Et elle en avait souffert, malgré ses efforts pour ne pas se laisser atteindre. Chaque fois, elle s'était juré de se surpasser lors de la compétition suivante afin de regagner son estime.

— Et Jane ?

Elle réprima un soupir. C'était un sujet douloureux. Malgré tous les efforts de sa sœur pour plaire à son père, ce dernier semblait avoir beaucoup de mal à la supporter. Mais pas question d'exposer les problèmes de Jane à un homme qui n'avait aucune raison de compatir. D'autant plus qu'il risquait même d'éprouver une certaine satisfaction en apprenant qu'une des filles adoptives de son père avait elle aussi été ignorée, bien que vivant sous le même toit que celui-ci.

— Nous ne sommes pas ici pour parler de ma sœur.

Il haussa les épaules.

— Simple curiosité. Ma mère disait que mon père était incapable d'aimer et l'expérience me l'a confirmé. Je me demandais si c'était également vrai pour vous et Jane.

Peut-être essayait-il tout simplement de comprendre pourquoi il avait été rejeté ? se dit-elle. Une chose était certaine : sir Leonard attendait de ses filles qu'elles réussissent. En échange de la vie privilégiée qu'il leur assurait, elles étaient censées faire tout leur possible pour lui être agréables.

Leur mère n'avait jamais manqué une occasion de le leur rappeler. Très tôt, sa sœur et elle avaient compris qu'on attendait d'elles qu'elles jouent à la perfection leur rôle de « petites filles modèles ». On leur avait inculqué du respect pour l'homme qu'était leur père. Un homme riche et puissant à qui elles devaient tout.

En revanche, il n'était pas question de réclamer du temps ou de l'affection à leurs parents. Jane et elle avaient toujours su très exactement quelle était leur place dans la famille Maguire.

Et aujourd'hui, où était leur place ? Soudain, Sally fut envahie par un sentiment de vide. Jack Maguire allait-il lui offrir une planche de salut ? Et si oui, pouvait-elle lui faire confiance ?

— Et vous, êtes-vous capable d'aimer ? demanda-t-elle en scrutant son visage.

— J'aimais ma mère. Elle est morte quand j'avais vingt ans.

Le cœur de Sally se serra. Ensuite il était revenu en Australie, où sa belle-mère l'avait chassé de chez son père... Sa place était prise par sa sœur et elle. Les haïssait-il pour cela ?

— Aimez-vous lady Ellen, Sally ?

Elle poussa un profond soupir.

— C'est très injuste de sa part de vous avoir exclu de

notre vie, éluda-t-elle. Mais très franchement, vous n'auriez pas supporté la vie sous son règne.

— Vous lui deviez une obéissance aveugle ?

— Il y avait des règles à respecter. Des règles destinées à maintenir l'harmonie dans la maison.

— Et à présent qu'il n'y a plus de maison ?

— Les règles sont caduques et nous sommes confrontées au chaos.

— Pas nécessairement. Pas vous, en tout cas, Sally, déclara-t-il avec un regard plein de promesses.

Pourquoi elle seule ? se demanda-t-elle, soudain mal à l'aise.

— Que voulez-vous dire ?

Au même instant, le serveur leur apporta les coupes de champagne, puis leur demanda ce qu'ils avaient choisi. Sally jeta un regard distrait au menu et se décida pour du poisson. Jack commanda la même chose, ainsi que des hors-d'œuvre variés.

Après le départ du serveur, elle le regarda d'un air interrogateur, dans l'attente d'une réponse à sa question. Il se contenta de lever sa coupe en déclarant :

— Buvons à la conclusion d'un accord entre nous.

— Quel genre d'accord ?

— Ça dépend. Qu'attendez-vous de moi, Sally ?

— Vous avez dit que nous parlerions des chevaux.

— Vous les aimez, n'est ce pas ?

— Oui, beaucoup.

— Plus que vous n'aimez lady Ellen ?

Elle plissa le front. Comment comparer ?

— Dans l'espoir de conserver vos chevaux, vous lui avez tenu tête, reprit-il. J'aimerais savoir jusqu'où vous êtes prête à aller. Allez-vous tenter votre chance avec moi, ou bien courir vous réfugier dans les jupes de maman ?

Elle se raidit. Se réfugier dans les jupes de sa mère ? Pas question !

— Je veux prendre ma vie en main, déclara-t-elle. Et disons que c'est une troisième voie, qui implique que je ne dépende ni de vous ni de ma mère.

— Un choix courageux, quand on part de rien, commenta-t-il d'un air sceptique.

— Et vous, de quoi êtes-vous parti ?

Il ignora cette question.

— Vous avez vingt-quatre ans, Sally. Et aucune qualification. Or, la pratique du sport qui vous tient à cœur réclame de gros moyens financiers. Comment envisagez-vous de gagner votre vie ?

Que répondre à cette question ? Elle n'avait même pas eu le temps de réfléchir au problème.

— Et vous, aviez-vous des moyens financiers, au départ ? insista-t-elle.

— Vous comptez devenir palefrenière ? esquiva-t-il d'un ton moqueur. Vous vous imaginez vraiment gagner votre vie en vous occupant des chevaux des autres ?

— Je pourrais être employée pour les monter, répliqua-t-elle avec une pointe d'agressivité. C'est une pratique courante dans le milieu des sports équestres.

— Vous supporteriez de dépendre du bon plaisir d'un propriétaire susceptible de vous renvoyer du jour au lendemain ?

Il secoua la tête.

— Ce n'est pas le genre d'existence auquel vous avez été habituée, Sally.

A son grand dam, elle sentit ses joues s'enflammer. Jusque-là elle avait eu la vie facile, alors que lui…

— Comment avez-vous démarré dans les affaires ? demanda-t-elle encore.

Il haussa les épaules.

— J'ai découvert que j'étais doué pour le poker. J'ai gagné des millions de dollars en participant à des tournois dans le monde entier. Ce qui m'a permis de faire des investissements très rentables. Le secret est de savoir choisir le bon placement.

Il plongea son regard dans celui de Sally.

— Conclure un accord avec moi serait beaucoup plus rentable pour vous que d'essayer de trouver du travail.

Elle déglutit péniblement. Jack Maguire était manifestement déterminé à la convaincre. Cherchait-il à remporter une autre victoire sur sa mère en l'éloignant de sa famille, ou bien avait-il des motivations plus… personnelles ?

— Vous ne m'avez pas précisé le genre d'accord que vous envisagez, fit-elle valoir en s'efforçant de prendre un ton neutre.

A aucun prix elle ne devait trahir l'excitation qui la faisait vibrer…

Il eut un petit sourire moqueur.

— La secrétaire de sir Leonard m'a dit que lorsque mon père rentrait le soir, lady Ellen l'attendait sur l'héliport avec un verre de Martini qu'elle lui tendait dès sa descente de l'appareil. Est-ce vrai ?

— Oui.

— Et je suppose qu'elle s'appliquait à satisfaire tous ses désirs…

Devant le regard entendu de Jack, Sally sentit ses joues s'enflammer.

— Je ne sais pas.

— Oh, je suis certain qu'il obtenait d'elle tout ce qu'il voulait…

Cependant, ça n'avait rien à voir avec l'amour. Sally eut un pincement au cœur. Elle l'avait toujours senti confusément, et l'attitude de sa mère depuis qu'elle était veuve le lui avait confirmé.

Mais où Jack voulait-il en venir ? Comptait-il lui demander de satisfaire tous ses désirs ? Elle fut envahie par une vive chaleur à cette pensée. Que lui arrivait-il ? Etait-elle en train de perdre la raison ?

Le serveur revint avec un plateau de hors-d'œuvre qu'il posa au milieu de la table.

— Voici comment se présente la situation, Sally.

Jack prit un rouleau de saumon fumé et le posa sur le bord de l'assiette.

— Ceci représente vos chevaux.

Un petit canapé de caviar suivit le même chemin.

— Les installations dont vous disposez. Ecuries, van, terrain d'entraînement.

Vint le tour d'une quiche miniature.

— Honoraires du vétérinaire, droits de participation aux concours, et autres coûts de fonctionnement.

Une petite tomate séchée sur une tranche de mozzarella rejoignit les autres canapés.

— Vous restez à Yarramalong pour gérer la propriété. Avec les mêmes employés si ces derniers souhaitent rester. Sinon vous en engagez d'autres. Bien entendu, vous recevrez un salaire généreux.

Il poursuivit, déplaçant les hors-d'œuvre un par un, en énumérant les privilèges dont elle avait toujours bénéficié et en y ajoutant les responsabilités qui lui incomberaient. Lorsqu'il ne resta plus qu'un seul canapé à sa place initiale, il plongea de nouveau son regard dans celui de Sally.

— Vous pouvez accepter ma proposition…

Il indiqua le côté garni de l'assiette.

— … ou bien suivre lady Ellen.

Il indiqua la tartelette au crabe qu'il n'avait pas touchée.

Elle sentit son estomac se nouer. Ainsi, il n'y avait aucune chance de retarder l'expulsion de sa mère ; Jack était déterminé à l'exclure et à l'humilier en la remplaçant par une de ses filles.

Si elle acceptait ce marché, sa mère ne le lui pardonnerait jamais. Elle serait à jamais cataloguée comme une traîtresse et une ingrate. Mais il était vrai qu'en acceptant de déjeuner avec Jack Maguire, elle avait déjà acquis ce statut. Et il fallait reconnaître que la vie qu'il lui offrait était très tentante…

Certes. Mais pouvait-elle lui faire confiance ? Si elle acceptait cet accord, tiendrait-il ses engagements ? Et surtout, pourquoi lui faisait-il une telle proposition ? Peut-être cherchait-il seulement à semer la discorde dans sa famille. Que deviendrait-elle s'il la mettait dehors une fois son désir de vengeance assouvi ?

Elle l'observa attentivement.

— Et vous, que gagnez-vous à cet arrangement, Jack ?

Il darda sur elle un regard étincelant.

— Vous, Sally.

4.

Jack sentit en lui la décharge d'adrénaline, familière au joueur de poker qui tente le tout pour le tout. Allait-elle accepter sa proposition ou s'effaroucher ?

Il ne la quittait pas des yeux. Une vive rougeur envahissait son long cou gracieux et ses joues, mettant en valeur l'éclat de ses yeux fascinants. Des yeux dans lesquels brillait depuis le début un intérêt manifeste pour lui… En principe, elle ne devrait voir aucun inconvénient à sa proposition, au contraire. Cependant, à vingt-quatre ans, elle était encore assez jeune pour rêver d'amour éternel.

Or, ni l'amour ni le mariage n'étaient à l'ordre du jour.

Elle soutenait son regard sans ciller, constata-t-il avec satisfaction. Elle ne feignait pas de ne pas comprendre le sens de sa proposition, mais elle y réfléchissait. Il crispa la mâchoire. Pourquoi était-il aussi anxieux de connaître sa réponse ? Pourquoi avait-il tellement envie qu'elle accepte ?

Au lieu de lui donner une réponse, elle demanda :

— Pourquoi moi ?

Question pertinente, reconnut-il intérieurement. Il était normal qu'elle cherche à comprendre ses motivations. Il n'avait jamais offert de l'argent à une femme pour coucher avec elle, même s'il lui était arrivé d'offrir des cadeaux par la suite, en reconnaissance du plaisir reçu. Alors, pourquoi était-il prêt à se montrer aussi généreux avec Sally Maguire ?

La réponse était simple. Parce qu'il ne fallait pas espérer qu'elle se jette spontanément dans les bras de l'homme qui l'avait dépouillée de tout ce qu'elle possédait.

Pour avoir une chance de la séduire, il fallait lui rendre une partie de ce qu'il lui avait pris. Et peu importait ce que cela lui coûterait.

Cependant, elle risquait de se sentir offensée. Pour éviter de blesser son amour-propre, il devait prendre des gants. Enrober sa proposition d'arguments susceptibles de l'émouvoir…

— Je suis certain que vous m'auriez accueilli chaleureusement au sein de la famille, répondit-il. Vous trouvez injuste que j'en aie été exclu pendant toutes ces années. N'ai-je pas raison, Sally ?

Elle hocha la tête.

— Et vous êtes la seule.

— Je pense que Jane aurait été d'accord également, déclara-t-elle aussitôt.

Jane… De toute évidence une victime au sein de la famille Maguire. Sally tenait visiblement beaucoup à sa sœur et souhaitait sans nul doute la soustraire à la tyrannie de lady Ellen. Curieusement, il en avait envie lui aussi. Personne ne méritait de subir les vexations de cette femme. S'il proposait à Sally un arrangement lui permettant de subvenir aux besoins de sa sœur, il ferait d'une pierre deux coups : il libérerait Jane des griffes de sa mère et convaincrait plus facilement Sally d'accepter sa proposition.

— Jane n'aurait pas accepté de déjeuner avec moi, fit-il valoir. Et de toute façon, c'est avec vous que je ressens des affinités. Je me souviens très bien de notre première rencontre, il y a des années. Ce jour-là, je vous ai vue sauter des obstacles avec votre cheval. Un spectacle inoubliable. J'ai envie que vous restiez à Yarramalong pour tenir la maison et vous occuper des chevaux. Je souhaite que la propriété demeure telle qu'elle était. A ceci près que désormais je n'en serai plus exclu. Non que j'aie l'intention d'y vivre avec vous, bien sûr. Mais j'aimerais pouvoir y venir de temps en temps en ayant le sentiment de rentrer chez moi, comme l'a fait mon père pendant toutes ces années.

Il eut un sourire charmeur.

— J'ai envie d'être accueilli chaleureusement, que vous m'apportiez un Martini lorsque j'arrive. De faire de longues balades à cheval avec vous. De passer du temps en votre compagnie.

— Vous montez à cheval ?

Jack réprima un sourire de satisfaction. C'était moins une question qu'une exclamation joyeuse.

— J'ai passé presque toute mon adolescence sur un cheval. Je travaillais dans le ranch de mon beau-père avant et après l'école. Je pourrais même vous aider à entraîner les chevaux.

Sally eut un large sourire. Mais celui-ci s'effaça presque aussitôt.

La partie n'était pas encore gagnée, comprit Jack. Cependant, il progressait peu à peu.

Le plus curieux, c'était qu'il trouvait lui-même très séduisant le tableau qu'il venait de peindre pour tenter de la convaincre. Les endroits, même très luxueux, où il avait vécu jusque-là n'étaient rien d'autre pour lui que de simples lieux de résidence. Ils n'avaient pas d'âme : Sally pourrait-elle lui donner le sentiment d'être enfin chez lui quelque part ?

Le serveur réapparut.

— Quelque chose ne va pas, monsieur ? demanda-t-il en constatant qu'ils n'avaient pas mangé les hors-d'œuvre.

Jack indiqua le côté plein de l'assiette avec un sourire malicieux.

— Vous voulez goûter quelque chose, Sally ?

Elle secoua la tête.

— Vous pouvez les remporter, dit-il au serveur. Nous nous contenterons du plat principal.

Le serveur prit l'assiette et disparut.

Sally resta silencieuse, les yeux baissés, les mains sur les genoux, assise bien droite sur sa chaise. Manifestement, elle était absorbée dans ses pensées.

Quel cours prenaient celles-ci ? se demanda Jack. Devait-il insister ou au contraire se montrer patient ? En tout cas, le silence ne le mènerait nulle part.

— Alors, que pensez-vous de ma proposition ? demanda-t-il d'un air dégagé.

Elle leva lentement les paupières et le regarda droit dans les yeux.

— Dites-moi la vérité : me considérez-vous comme une femme entretenue que vous garderez à votre disposition tant qu'elle vous donnera satisfaction ?

Les joues en feu, elle releva le menton d'un air de défi. De toute évidence, elle tenait à entendre la vérité même si celle-ci devait la blesser.

Elle avait du cran.

Et elle était d'une beauté inouïe.

Il fallait absolument la convaincre d'accepter sa proposition.

— Etant donné que vous travaillerez, vous ne serez pas une femme entretenue. Je suis persuadé que vous avez toutes les qualités requises pour gérer la propriété. D'autant plus que vous connaissez bien les chevaux. Un salaire d'administratrice de cent mille dollars, pour un contrat d'un an, vous semble-t-il raisonnable ?

Cette somme lui permettrait de prendre sa sœur en charge

tout en vivant très confortablement, calcula-t-il. Et peu importait s'il devait mettre un an pour parvenir à ses fins avec Sally. Un jour ou l'autre, il aurait ce qu'il voulait…

— Cent mille dollars ? répéta-t-elle d'un ton incrédule.

— La propriété est vaste et je veux qu'elle garde tout son prestige. Or, à mes yeux, vous êtes la personne la plus indiquée pour cette tâche. Si cette proposition vous convient, nous pourrons retourner chez le notaire après le déjeuner afin qu'il rédige un contrat en bonne et due forme.

— Pour un an…

— Dans un premier temps, oui.

Il aurait peut-être envie de la garder plus longtemps, mais mieux valait rester prudent, décida-t-il.

— Mais vous n'avez pas répondu à ma première question, Jack.

Il déclara d'un ton posé :

— Je peux vous assurer qu'il n'est pas dans mes habitudes de payer les femmes pour coucher avec elles. Comme je vous l'ai dit, je souhaite recevoir un accueil chaleureux lors de mes visites, mais pour le reste…

Laissant sa phrase en suspens, il haussa les épaules.

— Est-ce trop vous demander ?

— Non. En tant qu'employeur, vous serez en droit d'attendre un accueil agréable.

Irait-elle jusqu'à coucher avec son patron ? se demanda Jack. Seul le temps le dirait. Pour l'instant, l'essentiel c'était qu'elle accepte sa proposition. Une fois le contrat signé, il aurait tout le temps de la séduire.

Il se pencha en avant et fit appel à tout son pouvoir de persuasion.

— Saisissez votre chance, Sally !

*
**

« Saisissez votre chance… »

Comme elle en avait envie ! C'était une proposition inespérée. Cent mille dollars par an, tous frais payés, avec la possibilité de continuer à s'adonner à sa passion… Elle pourrait subvenir aux besoins de Jane pendant ses deux derniers semestres d'études et lui payer le loyer de l'appartement où elle vivait en colocation à Sydney. Elle pourrait même lui donner de l'argent de poche en prime ! Ainsi, Jane deviendrait totalement indépendante de leur mère.

Mais Jack, qu'attendait-il d'elle exactement ? Le foyer qu'il n'avait jamais eu ? Qu'il n'ait pas besoin de payer pour coucher avec une femme, voilà qui était évident : un homme comme lui devait avoir l'embarras du choix. Ne l'avait-elle pas vu plusieurs fois en photo dans des magazines en compagnie de femmes superbes ?

Et comment imaginer qu'elle pouvait lui plaire ?

A l'école on la surnommait « Poil de carotte » à cause de ses boucles rousses indisciplinées. Et elle avait la peau si blanche ! Dès le printemps, elle était obligée de s'enduire le visage d'écran total pour le protéger des coups de soleil et éviter qu'il ne se couvre de taches de rousseur — comble de l'horreur aux yeux de sa mère.

Si, aux funérailles, Jack lui avait dit qu'elle était belle, c'était pour contrarier cette dernière. Et s'il posait parfois sur elle un regard brûlant, c'était sans doute un réflexe de séducteur qu'il avait inconsciemment avec toutes les femmes…

L'attirance qu'elle éprouvait pour lui ne pouvait pas être partagée. Dire qu'elle lui avait demandé s'il voulait faire d'elle une femme entretenue ! Que lui avait il pris ? Non, ce qu'il souhaitait, c'était avoir enfin le foyer qu'on lui avait toujours refusé. Il n'avait certainement pas l'intention de la mettre dans son lit pendant toute une année. Cette idée était absurde !

En était-elle soulagée ou déçue ? Mieux valait ne pas trop chercher la réponse à cette question…

La proposition de Jack était la solution idéale à son problème le plus immédiat, et c'était là l'essentiel. En un an, elle aurait le temps de chercher un autre emploi, au cas où son contrat ne serait pas renouvelé.

— D'accord. J'accepte.

Devant le sourire ravi de Jack, elle sentit son cœur battre la chamade. De toute évidence, il était enchanté.

— Je m'en occupe immédiatement, dit-il en sortant son portable de sa poche.

Il dicta à la secrétaire du notaire les termes de l'accord, tels qu'il venait de les présenter à Sally, en demandant que le contrat soit préparé aussitôt.

Puis il rangea son portable avec un regard interrogateur.

— Satisfaite ?

La gorge soudain sèche, elle déglutit péniblement avant de répondre d'une voix étranglée :

— Oui.

Non seulement elle s'engageait à rester pendant un an au service de Jack Maguire, mais elle venait sans doute de rompre définitivement avec la femme qui l'avait adoptée et élevée.

Elle allait être considérée comme une ingrate, une fille indigne qui pactisait avec le diable.

Mais n'était-ce pas sa mère qui avait provoqué cette situation en excluant Jack de la famille ? Si elle ne lui avait pas fermé sa porte pendant toutes ces années…

— A présent, buvons à la réussite de notre association, déclara-t-il en levant sa coupe de champagne.

Elle trinqua avec lui.

— A la réussite de notre association.

« Mon Dieu, pensa-t-elle, faites que je ne sois pas en train de me précipiter dans la gueule du loup… »

5.

Une fois le repas terminé et le contrat signé, Jack raccompagna Sally en bas de l'immeuble en lui proposant de mettre une limousine à sa disposition pour rentrer à Yarramalong.

Elle refusa précipitamment. Mieux valait éviter de donner l'impression à sa mère qu'elle la narguait. Il serait déjà assez pénible comme ça de lui expliquer qu'elle était passée à l'ennemi…

— Merci pour le déjeuner et pour le contrat, dit-elle en tendant la main.

— En cas de problème, n'hésitez pas à m'appeler, répliqua-t-il en gardant sa main dans la sienne un peu plus longtemps que nécessaire.

Sally fut parcourue d'un long frisson. Décidément, cet homme avait sur elle un effet redoutable…

— Quand pensez-vous venir ? demanda-t-elle d'un ton qu'elle espérait désinvolte.

— Je vous préviendrai en temps voulu.

— Eh bien… d'ici là, au revoir, Jack.

Elle pivota sur elle-même et s'éloigna en direction de Wynyard Station en s'efforçant de garder son sang-froid. Si elle s'était écoutée, elle aurait été jusqu'à la gare en dansant… Jamais elle n'avait été aussi excitée de sa vie ! Pour tenter de se calmer, elle se répéta comme une litanie :

« Téléphoner à la maison pour demander qu'on vienne me chercher à la gare. »

« Prendre le train. »

« Réfléchir à la façon dont je vais annoncer la nouvelle à ma mère et à Jane. »

Les deux heures du trajet lui suffirent à peine pour se calmer. Comment présenter la situation à sa mère ? En principe, celle-ci aurait dû se réjouir que ses filles ne soient plus à sa charge. Malheureusement, il y avait de grandes chances pour qu'elle réagisse très mal.

En ce moment même, l'atmosphère devait être explosive à la propriété. Lorsqu'elle avait téléphoné avant de monter dans le train, Jeanette Deering, la gouvernante, avait paru nerveuse. Elle avait même eu un instant d'hésitation avant d'acquiescer quand elle lui avait demandé si Graham, son mari, pouvait venir la chercher à la gare. Graham était chargé d'assurer la sécurité du domaine et de refouler les indésirables. Dont Jack Maguire faisait partie récemment encore... Jeanette et lui avaient-ils été informés du nouveau statut de ce dernier ?

Lorsqu'elle sortit de la gare de Wyong, Graham était appuyé contre sa Land Rover, les bras croisés et la mine sombre. Jeanette et lui étaient déjà au service de son père lorsqu'elle était arrivée toute petite à Yarramalong. Elle les aimait beaucoup et ils le lui rendaient bien. C'était la première fois que Graham l'accueillait sans un sourire.

— Mauvaise journée. Très mauvaise journée, marmonna-t-il en faisant le tour du véhicule pour ouvrir la portière passager. Je ne sais pas ce que nous allons tous devenir, Sally.

— Maman vous a parlé du changement de propriétaire ?

— Elle n'en a pas eu besoin. Un type s'est déjà présenté avec un avis d'expulsion. Il est posté dans un véhicule devant la grille, avec pour mission de contrôler les entrées et les sorties jusqu'à l'évacuation des lieux.

Graham secoua la tête.

— Apparemment, il n'y a aucun recours. Et lady Ellen n'apprécie pas beaucoup qu'on lui prenne sa maison.

C'était sans doute l'euphémisme du siècle, songea Sally, l'estomac noué. Mais du moins, la nouvelle qu'elle apportait réjouirait-elle les employés. Ils disposaient d'un an pour trouver une autre situation. Elle attendit que Graham ait démarré pour annoncer :

— Vous pouvez rester à la propriété si vous le souhaitez. Vous, Jeanette et tous les autres membres du personnel.

Il poussa un profond soupir.

— J'aimerais bien, mais c'est impossible. Lady Ellen nous a dit que nous devions chercher une autre place. Même si elle pouvait garder la maison, elle n'aurait pas assez d'argent pour nous payer.

— C'est Jack Maguire qui vous paiera. Il a déjà viré le montant des salaires sur un compte, et il m'a engagée pour gérer la propriété. Il souhaite que tout continue comme avant. Vous n'êtes pas obligés de partir.

Il lui jeta un regard stupéfait.

— Mais lady Ellen a dit…

— Je vous assure que j'ai signé un contrat avec lui, Graham. Si vous souhaitez rester, vous le pouvez. Ma mère est la seule à devoir s'en aller.

Il laissa échapper un petit sifflement.

— Elle va très mal le prendre…

— Ce n'est pas négociable. Je ne peux rien faire pour elle. Jack Maguire est intraitable sur ce point.

Le garde eut une moue inquiète.

— C'est moi qui l'ai refoulé à l'entrée le jour où il est venu voir sir Leonard, il y a plusieurs années.

— Vous avez agi sur l'ordre de ma mère. Vous ne faisiez

que votre travail et je suis certaine qu'il ne vous en tient pas rigueur.

Il y eut un silence.

— Jack Maguire… il va habiter ici ?

— Non. Il viendra seulement de temps en temps.

— Et c'est vous qui dirigerez la propriété ?

— Oui. J'ai signé un contrat d'un an.

— Un an…

Nouveau silence, puis Graham ajouta :

— Je pense que Jeanette et moi allons rester.

Sally poussa un soupir de soulagement.

— Je ne vous cache pas que j'en suis très heureuse. Vous voulez bien mettre le reste du personnel au courant, s'il vous plaît ? Pour ma part, je vais expliquer la situation à ma mère.

— Je ne vous envie pas ! Vous avez besoin de moi ?

Elle secoua la tête. Il fallait qu'elle affronte sa mère seule.

— Merci, mais je pense que ça va aller.

— En cas de problème, je serai dans la cuisine avec Jeanette. Et ne vous inquiétez pas pour le reste du personnel. Je vais prévenir tout le monde.

— Merci, Graham. Je vais avoir besoin de soutien au cours des prochaines semaines, le temps de m'adapter à mes nouvelles responsabilités.

— Je suis certain que tout va très bien se passer. Tout le monde va être ravi de pouvoir rester et de travailler pour vous, vous verrez. Lorsque Jack Maguire viendra, il ne trouvera rien à redire. Le domaine sera impeccable, comme toujours.

Le cœur de Sally se gonfla d'émotion lorsqu'ils arrivèrent en vue de la propriété. C'était la plus belle de la vallée. Les prés verdoyants, les clôtures blanches, les bouquets d'arbres savamment disséminés pour procurer de l'ombre aux chevaux, les écuries dessinées par un architecte de renom, la grande allée bordée d'érables qui montait jusqu'à la maison, au sommet de la colline… Tout cela contribuait à faire de ce domaine un endroit magique. C'était la seule maison qu'elle avait connue…

Des larmes brouillèrent sa vue.

Son père avait disparu et la vie qu'elle vivait depuis toujours ne serait peut-être bientôt plus qu'un souvenir.

Elle avait juste obtenu un sursis. Le contrat signé avec Jack Maguire ne faisait que retarder d'un an la perte de la propriété et de tout ce qui s'y rattachait.

Elle prit une profonde inspiration. Il fallait rester positif. Ce sursis laissait le temps à tout le monde de prendre ses dispositions.

Tout le monde sauf sa mère… qui allait se déchaîner contre elle.

Comme l'avait dit Graham, un véhicule était garé devant l'entrée de la propriété. Un homme en descendit, contrôla leur identité, puis les autorisa à franchir la grille. Impossible d'ignorer que Jack Maguire ne faisait aucune confiance à sa mère…

L'estomac noué, Sally se prépara à l'affrontement.

Jeanette l'accueillit dans le hall et la conduisit directement dans le grand salon. Les débris de plusieurs vases d'une valeur inestimable jonchaient le parquet. Sa mère faisait les cent pas devant la grande cheminée de grès. Un verre de whisky à la main, elle houspillait Jane, qui était recroquevillée au fond d'un canapé de cuir, l'air terrorisé.

Dès que Sally fit son entrée, elle devint la cible des invectives de lady Ellen. Après l'avoir traitée de petite garce sournoise prête à faire des courbettes devant l'assassin de son père, elle lui demanda d'un ton sarcastique ce que son comportement indigne lui avait rapporté.

Sally se plaça à côté du canapé où était assise sa sœur et

posa une main sur l'épaule de celle-ci. S'efforçant de prendre un ton posé, elle expliqua les termes du contrat qu'elle avait signé, s'attendant à une nouvelle salve d'insultes. Mais à sa grande surprise, sa mère sembla soudain se calmer et un petit sourire narquois étira ses lèvres.

— Ah, les hommes ! Tous les mêmes ! Jack Maguire va te mettre dans son lit. Il a utilisé les chevaux pour t'appâter. Mais rien de plus facile que de le prendre à son propre piège. Il suffit que tu fasses en sorte de tomber enceinte. Une fois la mère de son enfant, tu pourras lui soutirer une bonne partie de ses milliards. Un prêté pour un rendu !

Atterrée, Sally resta sans voix. Coucher avec un homme pour de l'argent était déjà une idée révoltante. Mais faire un enfant uniquement par intérêt ! Quelle horreur ! Elle en avait la nausée… Un bébé devait être désiré et aimé par ses deux parents. Si elle-même et sa sœur avaient été adoptées, c'était parce qu'elles n'avaient pas été assez désirées. Jamais elle ne pourrait faire un enfant autrement que par amour. Jamais !

Contre toute attente, ce fut Jane qui protesta la première.

— Tu ne peux pas vouloir que Sally ait un enfant pour…

— Pour assurer son avenir ? Bien sûr que si ! Réfléchis un peu, voyons !

— Mais…

— Oh, pour l'amour du ciel ! Pourquoi crois tu que je vous ai adoptées ?

— Parce que… tu ne pouvais pas avoir d'enfants ? répondit Jane d'une voix hésitante.

— C'est ce que j'ai fait croire à Leonard.

Le ton méprisant de lady Ellen indiquait clairement ce qu'elle pensait de la crédulité de son défunt mari.

— Mais la vérité, c'est que je n'avais pas envie d'abîmer

mon corps avec des grossesses. C'est parce que j'avais un corps parfait et que je savais m'en servir que j'ai réussi à persuader Leonard de quitter sa première femme pour m'épouser. Je ne voulais pas risquer qu'une autre me le prenne à son tour. Mais avec les hommes, on n'est jamais trop prudente : il valait mieux avoir des enfants quand même. Si un jour l'envie lui avait pris de me quitter, ça lui aurait coûté une fortune. Dire que j'ai fait tout ça pour rien !

— Tu hérites tout de même de quatre millions de dollars, rappela Sally en s'efforçant de surmonter le dégoût qui la submergeait.

Jane et elle n'avaient été adoptées que pour lui servir de garantie…

— Trois fois rien ! s'exclama lady Ellen.

Elle lança un regard d'avertissement à ses deux filles.

— Cet argent me suffira à peine ! Chercher un autre mari va entraîner des frais de représentation.

Et pas question de s'encombrer de deux filles adultes, bien entendu, songea Sally avec amertume.

— J'imagine qu'il te faut absolument un appartement dans un quartier chic de Sydney…

— Evidemment ! De toute façon, maintenant que Leonard n'est plus là, je n'ai aucune raison de continuer à vivre dans cette maison, en pleine cambrousse ! En revanche, ça m'arrange beaucoup que tu y restes. Quand tu tiendras Jack Maguire à ta merci, tu auras les moyens de me rembourser tout ce que je t'ai donné pendant des années.

Sally secoua la tête avec abattement.

Sa mère ne lui avait jamais rien donné. C'était à son père qu'elle devait tous les avantages dont elle avait bénéficié. Lady Ellen s'était contentée de jouer les mères parfaites devant lui. Mais aujourd'hui, la comédie était finie.

Accablée par une profonde tristesse, elle déclara d'un ton morne :

— Je ne suis pas comme toi et je ne le serai jamais. Il n'est pas question que je tende un piège aussi odieux à Jack. Je me contenterai de remplir mon contrat.

— Ne sois pas stupide ! Tu as une occasion en or de le plumer !

— Je te répète que je n'ai pas l'intention de jouer le même jeu que toi. Je ne jouerai aucun jeu, d'ailleurs. Cette propriété lui appartient désormais et je suis heureuse qu'il m'ait proposé un travail. Parce qu'à présent je sais qu'il ne faut rien attendre de toi. Comme nous ne pouvons plus t'être d'aucune utilité, Jane et moi ne t'intéressons plus, n'est-ce pas ?

— Sally ! s'écria Jane d'un air horrifié.

Sally pressa l'épaule de sa sœur.

— Ne t'inquiète pas. Je serai toujours là pour toi.

— Espèce de petite ingrate ! cria sa mère. Tu n'étais rien avant que je te donne un foyer ! Tu as eu tout ce qu'une fille peut désirer dans la vie. Et si tu suis mes conseils, tu peux avoir bien davantage encore.

Sally releva le menton.

— Ça ne m'intéresse pas.

— Tu veux passer ta vie à nettoyer des écuries ? demanda sa mère avec un mépris cinglant.

— Au moins, c'est un travail honnête. En l'acceptant, je ne risque pas de causer de tort à qui que ce soit.

Ne me dis pas que j'ai causé du tort à Leonard ou à vous deux, qui avez toujours vécu dans le luxe !

Pour sa part, elle avait eu la chance de pouvoir se réfugier dans sa passion pour les chevaux, mais Jane avait souffert, songea sombrement Sally. Sa sœur n'avait jamais trouvé dans cette famille la sécurité affective dont elle avait besoin. Et elle n'était pas la seule à avoir été lésée.

— Tu as causé du tort à Jack, par exemple.

Un petit garçon à qui on avait volé son père et qui avait été remplacé par deux filles adoptives…

— Ce cher Jack ! s'esclaffa lady Ellen. Il a tellement souffert qu'il est devenu milliardaire ! Tu voudrais que je le plaigne ?

Elle toisa Sally d'un air dédaigneux.

— Tu es tombée dans son piège en signant ce contrat. Crois-moi ! Ta seule chance de t'en sortir, c'est de retourner le piège contre lui.

— Quand finiras-tu par comprendre que je ne m'abaisserai jamais à suivre tes conseils ? rétorqua sèchement Sally.

Sa mère se précipita vers elle le bras levé, et elle eut tout juste le temps de parer le coup.

— Va chercher Graham dans la cuisine ! cria-t-elle à sa sœur.

Celle-ci resta recroquevillée sur le canapé.

— Jane, s'il te plaît !

Sa sœur finit par réagir. Elle se leva et quitta la pièce à toutes jambes.

Sally esquiva un nouveau coup.

— Je te préviens, si tu me touches, je n'hésiterai pas à porter plainte contre toi. Et de toute façon, Graham va venir me protéger parce qu'à présent c'est moi qui dirige la propriété. Pas toi.

Lady Ellen baissa les bras, les yeux étincelant d'une rage meurtrière.

— Je ne souhaite à personne une fille comme toi !

— Tu ne m'as jamais vraiment donné le sentiment d'être ma mère.

— J'espère qu'un de tes maudits chevaux finira par te piétiner !

Sally sentit ses derniers scrupules s'évanouir. Il n'y avait décidément rien à attendre de cette femme. Aucune réconciliation n'était envisageable. C'était douloureux, mais il était temps d'en finir.

— Je te suggère de faire tes valises et de partir, parce que si tu restes ici plus longtemps, tu risques de le regretter.

Au même instant, Graham fit irruption dans la pièce, Jane sur les talons.

— Vous avez besoin d'aide, Sally ? demanda-t-il en lançant un regard noir à son ancienne patronne.

— Non, je crois que nous en avons terminé. N'est-ce pas ? ajouta-t-elle à l'adresse de lady Ellen.

— Ton père se retournerait dans sa tombe s'il savait comment tu me traites !

Sally soutint sans ciller le regard haineux de sa mère. Elle ne voulait pas laisser entrevoir le moindre signe de culpabilité. Elle aurait été trop contente. De toute façon, elle ne se sentait pas coupable. Jane et elle s'étaient toujours efforcées de faire plaisir à leur père lorsqu'il était en vie. C'était l'essentiel.

Lady Ellen se dirigea vers la sortie avec un air de dignité offensée. Elle fit une pause sur le seuil et claqua des doigts en regardant Jane.

— Viens m'aider.

— Non. Elle reste ici avec moi, intervint Sally.

Pas question de laisser sa sœur subir à sa place les foudres de sa mère !

— Même la chiffe molle va se rebiffer ? lança lady Ellen en dardant un regard méprisant sur Jane, qui se réfugia aussitôt derrière Graham.

Lorsqu'elle eut disparu, Sally subit le contrecoup de cette scène déplorable et se mit à trembler de tous ses membres.

— Je peux faire quelque chose pour vous ? demanda Graham d'un ton plein de sollicitude.

Elle laissa échapper un soupir. Pour l'instant, elle avait

surtout besoin d'un peu de temps pour se remettre de ses émotions.

— Pouvez-vous demander à Jeanette de nous apporter du thé, s'il vous plaît ?

— Bien sûr.

Une fois qu'elles furent seules, Sally tendit les bras à Jane qui s'y blottit en pleurant.

— Tout va bien, murmura-t-elle d'une voix apaisante. Nous sommes ensemble, c'est tout ce qui compte. Quoi que nous réserve l'avenir, nous serons toujours là l'une pour l'autre.

Dans l'immédiat, leur avenir dépendait de Jack Maguire.

Aujourd'hui, il avait réglé ses comptes. Tout comme Jane et elle.

Mais dans un an, où en seraient-elles ?

6.

Debout devant la baie vitrée, dans le salon de son appartement de Woolloomooloo, Jack Maguire regardait le *Queen Mary 2* traverser majestueusement le port de Sydney. Le paquebot était accompagné par de multiples embarcations qui semblaient minuscules à côté de son imposante silhouette. Quel spectacle fantastique ! Pas étonnant qu'une foule immense se soit déplacée pour la première visite du nouveau *Queen Mary* à Sydney.

Et à propos de première visite... Sally avait signé son contrat depuis deux semaines et elle n'avait pas cherché à le joindre une seule fois. Il avait pourtant pris soin de lui donner le numéro de son portable... Tenait-elle à garder ses distances, ou bien avait-elle décidé de lui prouver qu'elle était capable de se débrouiller seule ?

Lady Ellen avait quitté la propriété à la première heure le lendemain de la lecture du testament. Elle n'avait pas eu le cœur d'y rester après la disparition de sir Leonard, avait-il entendu dire en ville. Pas un mot de l'expulsion... Elle avait trouvé refuge chez une de ses amies de la haute société, et elle jouait à la veuve éplorée, prétendant qu'elle avait confié à Sally la responsabilité de la propriété et des chevaux. Il était hors de question pour elle d'admettre sa disgrâce, bien sûr.

Peu importait. Il se moquait éperdument de ce qu'elle

pouvait faire ou dire, du moment qu'elle était éliminée de la scène. Mais l'était-elle vraiment ? Le silence de Sally commençait à être perturbant. Peut-être sa mère avait-elle réussi à la monter contre lui ? Cette femme était capable de tout…

Il était temps de prendre contact avec Sally, décida Jack. A cette pensée, une vive excitation s'empara de lui. Du calme, se dit-il aussitôt avec cynisme. Le désir pouvait rendre complètement idiot et il n'avait pas l'intention de tomber dans ce piège. Il garderait la tête froide, comme à son habitude.

Mieux valait attendre que l'heure du dîner soit passée pour l'appeler : elle serait plus disponible pour discuter avec lui.

Le moment venu, il s'installa dans son fauteuil favori, un verre de cognac à la main, et composa le numéro de Yarramalong. Sally avait-elle souvent pensé à lui depuis quinze jours ? se demanda-t-il en écoutant la sonnerie.

— Sally Maguire, bonjour.

— Bonsoir, Sally. C'est Jack. Je vous appelle pour savoir comment ça se passe.

— Oh ! s'exclama-t-elle, manifestement anxieuse. Etais-je censée vous faire un rapport ? Je ne me souviens pas que vous me l'ayez demandé.

— Non, ne vous inquiétez pas. Je voulais juste avoir des nouvelles. Je sais que lady Ellen est en ville. Je suppose qu'elle a quitté définitivement Yarramalong ?

Un silence, puis de nouveau la même note d'anxiété dans la voix.

— Oui, bien sûr. Elle a emporté toutes ses affaires et je ne pense pas qu'il soit dans son intérêt de… poser des problèmes.

Remarque très sensée, acquiesça-t-il silencieusement. Si la veuve comptait appâter un second mari fortuné, il valait mieux qu'elle évite le scandale… Malgré tout, il fallait s'assurer que Sally ne s'était pas mise d'accord avec sa mère pour le mener en bateau.

— A propos de problèmes, vous en a-t-elle posé beaucoup ?

— Je préférerais éviter le sujet… Disons que j'ai tourné la page. Ici, tous les employés ont choisi de rester et tout se passe bien. Il n'y a aucun problème.

« J'ai tourné la page. »

Jack ne put s'empêcher de sourire. A en juger par la fermeté soudaine de sa voix, Sally était sincère. Décidément, elle avait du caractère ; c'était d'ailleurs une des nombreuses qualités qui lui plaisaient en elle. Elle ne se laisserait sans doute pas convaincre facilement de partager son lit… Ce qui rendrait la victoire d'autant plus excitante.

— Avez-vous… l'intention de venir bientôt ?

De toute évidence, cette perspective la rendait nerveuse. Or, il ne fallait pas qu'elle ait peur de lui. Cela ne faisait pas du tout partie de son plan ! Mieux valait apaiser ses craintes — peut-être insufflées par la venimeuse lady Ellen — le plus tôt possible.

— Demain, répondit-il. C'est vendredi. J'arriverai vers 18 h 30 et je resterai jusqu'à la fin du week-end. Ça me laissera le temps d'inspecter toute la propriété.

— Demain…

— Ça vous convient ?

— Oui, oui, bien sûr. 18 h 30. Tout sera prêt pour vous accueillir.

— Merci, Sally. J'ai hâte d'être là.

Elle n'avait aucune raison d'être nerveuse, se dit fermement Sally le lendemain, en sortant de la salle de bains. Aucune. Tout le monde avait travaillé dur toute la journée pour que la propriété soit à la hauteur des attentes de Jack Maguire. Les femmes de ménage avaient astiqué la maison de la cave au grenier. Le jardinier avait tondu la pelouse. Jeanette, après avoir fait des courses suffisantes pour soutenir un siège pendant un mois, mettait la dernière main à un dîner de bienvenue. Il était presque 18 heures et elle n'avait plus qu'un problème à résoudre.

Le choix de sa tenue.

Devait-elle se mettre sur son trente et un, comme le faisait sa mère pour sir Leonard ? Mais elle n'était pas l'épouse de Jack Maguire, seulement son employée. Certes, il avait insisté pour être accueilli de la même manière que son père. Mais si elle arborait une tenue trop élégante, ne risquait-il pas d'en conclure qu'elle était prête à lui tomber dans les bras ?

Il ne fallait pas lui donner la moindre raison de penser qu'elle était le même genre de femme que sa mère. Elle ne supporterait pas qu'il la croie capable de vouloir le séduire par intérêt.

Malgré tout, elle avait envie de lui plaire. Très envie, il fallait bien le reconnaître. C'était d'ailleurs la raison pour laquelle elle avait consacré un temps inhabituel à son brushing.

Le mieux était de s'en tenir à une tenue alliant élégance et simplicité, décida-t-elle en choisissant un pantalon blanc et un pull vert et blanc à manches chauve-souris. Un maquillage discret, une touche de parfum…

Elle jeta un dernier coup d'œil dans le miroir, puis, la gorge serrée, elle se rendit dans le salon où tous les ingrédients nécessaires à la confection d'un Martini étaient alignés sur le bar. Pour respecter la tradition, elle tendrait un verre à Jack à sa descente d'hélicoptère. Après tout, cette partie du cérémonial n'avait rien d'équivoque.

Pendant qu'elle préparait le Martini, Jeanette arriva avec un plateau de canapés qu'elle posa sur le bar.

— Au cas où M. Maguire aurait un petit creux avant le dîner, expliqua-t-elle. Graham attend dans la cuisine. Il sortira dès l'arrivée de l'hélicoptère pour prendre le sac de M. Maguire et le porter dans la chambre d'amis.

Elle lança un regard anxieux à Sally.

— Vous êtes certaine qu'il ne voudra pas plutôt s'installer dans la chambre principale ?

— Je lui poserai la question. Puisque les deux sont prêtes, il n'y aura pas de problème.

La gouvernante lissa son tablier et tapota ses cheveux gris permanentés. Elle était manifestement nerveuse.

— Vos canapés sont très alléchants et je suis certaine que Jack Maguire appréciera le mal que vous vous êtes donné pour le dîner, ajouta Sally d'un ton apaisant. Cessez de vous inquiéter, Jeanette.

La gouvernante poussa un soupir, puis elle tendit l'oreille.

— Voilà l'hélicoptère. Bonne chance, Sally. Au fait, vous êtes ravissante.

— Merci.

S'efforçant d'ignorer les battements de son cœur, Sally ajouta une olive au martini. Le bruit de l'hélicoptère était de plus en plus fort et elle avait l'impression qu'il résonnait dans tout son corps…

Inspirant profondément, elle prit le verre et se dirigea vers la terrasse qui surplombait l'héliport. Il était important que Jack la voie dehors, prête à l'accueillir avant même qu'il ait atterri. Elle devait absolument se montrer à la hauteur de ses responsabilités. L'avenir de plusieurs personnes dépendait d'elle. Il fallait à tout prix que Jack se sente chez lui à la propriété et qu'il ait envie de la conserver. Jeanette et

Graham habitaient là depuis trop longtemps : être obligés de tout quitter serait pour eux un véritable drame.

Dès qu'elle mit le pied dehors, l'air brassé par les pales de l'hélice ébouriffa ses cheveux. Quelle idiote ! Elle aurait dû les attacher… Tant pis, c'était trop tard. Tenant fermement le verre, elle attendit, les yeux fixés sur l'appareil.

Le bruit du moteur cessa, les pales ralentirent, et la porte s'ouvrit, laissant paraître Jack. Accrochant un sourire à ses lèvres et priant pour ne pas trébucher, Sally descendit les marches en prenant soin de ne pas renverser une seule goutte de Martini.

Jack sauta à terre avec un large sourire. La crinière flamboyante ébouriffée, Sally l'attendait. Elle ne faisait que suivre ses instructions, se rappela-t-il aussitôt. Mais il n'en était pas moins ravi de la voir…

— Bienvenue chez vous, Jack, dit-elle en lui tendant le verre.

Il réprima une moue de dérision. Se sentirait-il un jour chez lui dans la propriété qu'il avait rachetée à son père ? Il n'avait aucune attache dans ce lieu, et la seule chose qui l'y attirait, c'était son désir pour cette femme. Or, pour l'instant, elle se contentait de remplir son contrat. Il fallait reconnaître qu'elle le faisait avec classe. Vêtue de blanc et de vert, elle était splendide et en parfaite harmonie avec le décor. Mais après tout, elle était chez elle dans cette maison. Alors que lui ne se sentait nulle part chez lui.

Réprimant la vague de désir qui l'assaillait, il prit le verre qu'elle lui tendait. Même s'il avait payé pour cet accueil, il était content d'être là…

— Merci, Sally, dit-il en scrutant son visage.

Il aurait tellement aimé pouvoir lire dans ses pensées…

— Vous avez passé une bonne journée ? demanda-t-elle d'un ton enjoué.

— Chargée. Et vous ?

— Chargée également.

Il ne put s'empêcher de sourire. Jamais il n'aurait cru trouver un jour amusant d'échanger des banalités…

— On dirait que vous arrivez directement d'une salle de réunion, ajouta-t-elle en jetant un coup d'œil sur son costume gris.

— C'est le cas.

Il indiqua d'un signe de tête l'hélicoptère qui redémarrait.

— Bill doit repartir pour Sydney avant la tombée de la nuit, si bien qu'il ne fallait pas traîner. J'avais prévu de me changer en arrivant ici.

— Bien sûr.

Sally eut une hésitation avant d'ajouter :

— J'ai fait préparer la chambre d'amis. Les affaires de mon… votre père sont encore dans la chambre principale. Je ne savais pas si vous voudriez garder des souvenirs…

— Absolument pas, déclara-t-il aussitôt d'un ton vif.

Son père ne lui avait jamais rien offert, il ne garderait rien de lui !

Les joues de Sally s'enflammèrent.

— Je suis désolée. J'aurais dû vous poser la question quand vous avez téléphoné hier soir, mais je n'y ai pensé qu'aujourd'hui et je n'ai pas voulu vous déranger à votre travail.

— Vous avez eu raison, s'empressa-t-il d'assurer d'une voix apaisante.

Quel idiot ! Pourquoi lui avait-il parlé aussi sèchement ? Il fallait éviter de l'effaroucher. D'autant plus qu'elle n'était pour rien dans la rancune qu'il éprouvait à l'égard de son père.

— Si nous rentrions ? suggéra-t-il avec un sourire. Vous allez me conduire à ma chambre et me montrer celle de mon père au passage. Je vous donnerai mes instructions.

Une chose était certaine. Il voulait éliminer de cette maison toute trace de son père et de la femme qui avait volé la place de sa mère.

Il suivit Sally, manifestement perturbée par sa réaction. Sans doute croyait-elle qu'il était irrité contre elle. Peut-être même s'imaginait-elle qu'il la considérait comme une incapable. Il faudrait la rassurer. Comment la blâmer de ne pas encore s'être occupée de la chambre de son père ? Deux semaines seulement s'étaient écoulées depuis les funérailles et elle avait eu bien d'autres tâches à accomplir.

Elle le précéda dans un hall spacieux dont le sol était recouvert de dalles grège bordées d'un liseré ocre brun. Sur la droite, une porte en cèdre à double battant ouvrait sur un salon au décor masculin : canapés de cuir marron et immense cheminée de grès. De toute évidence une pièce dans laquelle son père avait régné en maître.

Contrairement à la chambre, constata Jack quelques instants plus tard, après avoir suivi Sally dans un vaste couloir.

La pièce portait la marque de lady Ellen. Meubles de bois de rose, épaisse moquette rouge et rideaux de soie assortis. C'était une pièce digne d'une courtisane… Impossible d'imaginer Sally sur ce lit. Les couleurs et le style du décor ne lui convenaient pas du tout.

Sur la gauche, un grand dressing-room était occupé par deux rangées de placards peints en vert, qui encadraient un grand miroir occupant entièrement le mur du fond.

La porte de droite ouvrait sur une salle de bains : douche assez spacieuse pour deux et baignoire immense encastrée dans un bloc de marbre veiné de vert jade.

— Vous avez eu raison de me préparer l'autre chambre.

Je vais faire refaire la décoration de celle-ci avant de m'y installer. Un décorateur prendra contact avec vous la semaine prochaine pour discuter de l'organisation des travaux. D'accord ?

Un sourire soulagé éclaira le visage de Sally.

— Oui. Que dois-je faire des affaires de sir Leonard ?

— Gardez tout ce qui vous intéresse et donnez le reste à une association caritative.

— Très bien.

— Et vous direz à lady Ellen qu'elle peut récupérer tous les meubles et objets de décoration que contient cette pièce. Ils ne peuvent plaire qu'à elle.

— Je le lui dirai.

C'était le moment ou jamais de vérifier si Sally était restée en contact avec sa mère, se dit Jack.

— Il paraît qu'elle a élu domicile chez Marion Harley ?

— Elle a demandé que son courrier lui soit envoyé là-bas, en tout cas. Il faudrait mettre les meubles au garde-meuble… si elle veut les garder.

Apparemment, les relations entre lady Ellen et sa fille n'étaient pas des plus cordiales. Sally en souffrait-elle ? Impossible de le savoir pour l'instant, mais la perspective d'appeler sa mère au sujet des meubles semblait lui causer plus de stress que de plaisir.

— Vous pouvez aussi tout simplement les donner à une association. Personnellement, ça m'est égal.

— Je vais d'abord lui en parler. Je me sentirais coupable de m'en débarrasser sans l'avoir consultée.

Jack réprima un sourire. Sally tenait visiblement à agir avec probité en toute circonstance. Elle n'était pas du genre à léser qui que ce soit. Encore un bon point pour elle…

— Comme vous voudrez. Allons voir la chambre d'amis, à présent.

Elle l'entraîna de nouveau dans le vaste couloir qui courait au milieu de cette aile de la maison.

— Ma chambre, dit-elle en indiquant au passage une porte sur la gauche.

Jack ne fit pas de commentaire. Inutile de lui demander de la lui montrer et mieux valait respecter son intimité. Pourtant, il aurait beaucoup aimé jeter un coup d'œil sur cette pièce… Avait-elle apporté des touches personnelles à la décoration ? Celle-ci lui en apprendrait-elle un peu plus sur elle ?

Elle fit une pause devant la porte suivante et se tourna vers lui d'un air anxieux.

— C'est la chambre de Jane. La plupart du temps elle se trouve à Sydney, où elle partage un appartement avec d'autres étudiantes… Elle est en dernière année d'école d'infirmière et veut se spécialiser pour devenir sage-femme. Serait-il possible qu'elle revienne à la maison… je veux dire qu'elle vienne me voir… de temps en temps, quand elle le peut ?

Jack fronça les sourcils.

— Si lady Ellen subvient aux besoins de Jane, n'attend-elle pas que sa fille lui montre sa gratitude en lui consacrant son temps libre ?

Sally releva le menton.

— C'est moi qui assume les frais d'études de Jane. Le salaire que vous me versez me le permet.

A en juger par son air de défi, la rupture avec lady Ellen semblait bel et bien définitive. Ainsi, ses filles adoptives ne subiraient plus ses vexations. Avec un sourire d'approbation, Jack effleura la joue de Sally du bout des doigts.

— Ce que vous faites de votre salaire ne regarde que vous. Je suis heureux de savoir que vous prenez soin de votre sœur.

— Alors ça ne vous gêne pas qu'elle vienne ici ?

Jack fut saisi par l'émotion qui se lisait dans les yeux émeraude. Ils exprimaient un amour inconditionnel. Le genre d'amour qu'il n'avait connu qu'auprès de sa mère. Pourtant, Sally et Jane n'étaient même pas vraiment sœurs… A sa grande surprise, il fut assailli par une bouffée de jalousie.

— Je ne vois aucune objection à ce qu'elle vienne ici, mais je préférerais que ses visites ne coïncident pas avec les miennes.

Pas question de laisser qui que ce soit lui voler l'attention de Sally. Le lien qui unissait les deux sœurs ne devait pas devenir un obstacle à son entreprise de séduction…

Les joues en feu, elle détourna les yeux.

— Je m'arrangerai pour que ça n'arrive pas.

Elle devait être consciente de ses intentions à son égard, songea-t-il en réprimant un sourire. En tout cas, elle partageait l'attirance qu'il éprouvait pour elle ; il connaissait suffisamment les femmes pour en avoir la certitude.

Cependant, il ne fallait rien brusquer. La patience serait sa meilleure alliée. Au cours de ce premier week-end, il se contenterait de tâter le terrain pour éviter les faux pas.

Il la suivit jusqu'à la chambre d'amis. En fait, c'était un véritable petit appartement comprenant un salon équipé d'un téléviseur à écran plasma, une kitchenette et deux chambres avec salles de bains attenantes. Son sac l'attendait sur un tabouret dans l'une des chambres. Toutes les pièces étaient sobrement décorées dans des tons de beige, de brun et de blanc.

Les seules taches de couleur provenaient de plusieurs bouquets de fleurs et d'une jatte de fruits posée sur la table basse. Service raffiné digne d'un hôtel de luxe, songea-t-il avec dérision. La seule chose qui manquait, c'était le seau à champagne. Toutefois, on lui avait offert un Martini…

Sally se dirigea vers la sortie.

— Je vous laisse vous installer. Rejoignez-moi dans le salon quand vous serez prêt.

— Merci. A tout à l'heure.

Il fallait espérer que c'était la dernière fois qu'elle le traitait comme un invité, songea-t-il alors qu'elle disparaissait dans le couloir.

Car il avait bien l'intention d'occuper une tout autre place dans la vie de Sally.

7.

Il n'avait rien tenté…

Pas une fois il n'avait esquissé le moindre geste.

Sally eut un pincement au cœur. Pourtant, il n'avait pas pu ne pas remarquer l'attirance qu'elle ressentait pour lui. Sa présence faisait naître en elle un trouble si profond que celui-ci n'avait pas pu passer inaperçu… Ni pendant le dîner, le vendredi soir, lorsqu'il l'avait fait rire aux éclats avec ses plaisanteries. Ni pendant leur longue promenade à cheval, le samedi matin. Ni plus tard dans l'après-midi, lorsqu'ils s'étaient allongés sur des transats après un bain dans la piscine, et qu'elle n'avait pas réussi à détacher ses yeux de son corps d'athlète…

Les nerfs à fleur de peau pendant tout le week-end, elle avait cru devenir folle. Et Jack en était parfaitement conscient. Elle le savait. Elle l'avait vu dans ses yeux.

Alors, pourquoi n'en avait-il pas profité ?

S'il voulait la mettre dans son lit, comme le pensait sa mère, cette attitude n'avait aucun sens. A moins qu'il ne soit pas pressé… qu'il ait décidé de prendre son temps.

Malheureusement, il y avait une autre explication, beaucoup plus plausible celle-là : il n'avait jamais eu l'intention de la séduire. S'il l'avait engagée, c'était uniquement pour que sa victoire sur sa mère soit plus complète. Et s'il avait décidé de séjourner de temps en temps à la propriété, c'était parce que l'endroit lui plaisait.

Avant de repartir en hélicoptère, il l'avait embrassée furtivement sur la joue en la remerciant pour son accueil. Pas de quoi se monter la tête… Et pourtant, elle était dans tous ses états et elle ne parvenait pas à se concentrer sur autre chose. C'était ridicule !

Sally erra dans la maison, l'esprit en ébullition, jusqu'à ce que Jeanette l'appelle pour le dîner. Un repas léger, servi dans la cuisine, comme elle l'avait souhaité après les festins partagés avec Jack.

— M. Maguire est charmant, déclara la gouvernante. Très courtois. Un vrai gentleman. Je ne comprends pas pourquoi lady Ellen l'a pris en grippe.

Elle jeta un regard pénétrant à Sally avant d'ajouter :

— Et c'est un homme très séduisant, je dois dire.

— Il a tenu à faire le tour complet de la propriété et il s'est intéressé à tout ! renchérit Graham.

Pas étonnant que le personnel apprécie Jack, songea Sally. Il avait pris le temps de discuter longuement avec Graham et Tim Fogarty, qui s'occupait des chevaux depuis des années et vivait dans un appartement indépendant, contigu aux écuries. Les inquiétudes des employés étaient apaisées, et Jack pouvait être certain d'être accueilli chaleureusement par tout le monde lors de sa prochaine visite. Elle réprima un soupir. Malheureusement, celle-ci n'aurait sans doute pas lieu dans un avenir proche. « Je ne reviendrai qu'une fois les travaux terminés dans la chambre », lui avait-il dit.

Combien de temps dureraient lesdits travaux ? Sans doute plusieurs semaines. A cette pensée, le cœur de Sally se serra. Jack n'était visiblement pas impatient de la revoir… Mais pourquoi était-elle aussi déçue ? C'était stupide.

Sa vie était à Sydney, où ses affaires l'accaparaient. Et sans doute avait-il une femme là-bas. Une femme superbe qui partageait régulièrement son lit. Il n'avait pas besoin d'une maîtresse à la campagne.

Pourquoi cette pensée la déprimait-elle à ce point ? Au lieu de se lamenter, elle aurait dû être soulagée que sa mère se soit trompée !

Du moins n'avait-elle aucune mauvaise nouvelle à annoncer à sa sœur, songea-t-elle ce soir-là, lorsque Jane l'appela.

— Il est parti ? demanda celle-ci à voix basse d'un ton anxieux, comme si Jack risquait de l'entendre.

— Oui.

— Tu vas bien, Sally ? Il n'a pas… ?

— Ne t'inquiète pas. Tout s'est très bien passé. Comme le dit Jeanette, Jack Maguire est un vrai gentleman. Et Graham et Tim ont été très impressionnés par l'intérêt qu'il porte à tout ce qui concerne la propriété.

Elle entendit un profond soupir de soulagement à l'autre bout de la ligne.

— J'ai été morte d'angoisse pendant tout le week-end. Après ce qu'a dit maman…

— Elle s'est trompée. Je t'assure que tu n'as aucune raison de t'inquiéter. Et de toute façon, je sais me défendre. Les concours équestres sont d'excellentes occasions d'apprendre à repousser les avances des coureurs de jupons.

Rien de plus facile quand on ne les trouve pas à son goût…

— A ce propos, Jack a noté les dates des concours auxquels je dois participer, pour éviter que ses visites ne perturbent mon emploi du temps. Et il est d'accord pour que tu viennes me voir.

Inutile de préciser la condition qu'il avait posée, décida Sally : Jane aurait aussitôt recommencé à s'inquiéter pour elle. De toute façon, faire en sorte que leurs visites ne coïncident pas ne poserait aucun problème.

— C'est dommage que maman l'ait exclu de notre vie,

commenta Jane. Finalement, ce qui était angoissant c'était de ne pas le connaître.

— Oui. Et c'est une chance qu'il ne nous en veuille pas. Comment ça va de ton côté ? Tu as des nouvelles de maman ?

— Non. Et toi ?

— Non, mais il va falloir que je l'appelle.

Sally expliqua que Jack voulait faire redécorer la chambre principale à son goût et elles bavardèrent un moment, essayant de combler le vide qu'elles ressentaient chacune à sa manière depuis que leur vie avait été bouleversée.

Dommage qu'elle ne puisse pas confier à Jane ce qu'elle ressentait pour Jack, songea Sally en raccrochant.

A moins que ce soit une chance, au contraire… Il fallait absolument qu'elle cesse de nourrir des espoirs ridicules !

Au cours des semaines suivantes, Sally s'efforça d'oublier son attirance pour Jack en préparant le Maitland Show, au cours duquel elle devait participer à deux concours de saut d'obstacles, dont l'un comptait pour la qualification dans l'équipe de la coupe du monde. La concentration requise pour l'entraînement lui permit de reléguer ses rêveries au second plan.

Elle fit également venir un déménageur pour les meubles que sa mère avait choisi de récupérer. Par ailleurs, le décorateur engagé par Jack se présenta pour prendre des mesures, fit enlever la moquette rouge, et envoya un ouvrier pour repeindre les murs. Il promit à Sally de la prévenir de la date d'installation des nouveaux meubles, rideaux et moquette.

Jack ne lui téléphona pas, et elle ne lui donna pas de nouvelles non plus. Comme il était au courant de sa participation au Maitland Show, elle n'avait pas besoin de le prévenir de son absence pour le week-end.

Après avoir installé les chevaux dans le van, Sally prit la route avec Tim Fogarty, qui l'accompagnait toujours lors des compétitions.

C'était lui qui s'occupait de nourrir les chevaux et de les panser. Âgé d'une cinquantaine d'années, il avait travaillé plusieurs années chez un entraîneur. Rien de ce qui concernait les chevaux ne lui était étranger. Sally s'entendait très bien avec lui et elle avait une confiance absolue dans ses conseils.

Il dormait généralement dans un coin du van, tandis qu'elle logeait à l'hôtel où descendaient les cavaliers, qui aimaient se retrouver en dehors des séances d'entraînement et des compétitions.

Cette fois, elle ne se mêlerait pas à eux, décida-t-elle. Mieux valait garder ses distances pour se protéger des curieux. La plupart des cavaliers devaient la considérer comme une riche héritière et s'ils apprenaient sa situation réelle, les commentaires iraient bon train.

Sa vie ne les regardait pas. Et de toute façon, elle avait besoin de se concentrer sur la compétition. Plusieurs personnes lui présentèrent leurs condoléances à son arrivée, mais son attitude distante lui évita toute question indiscrète et elle parvint à préserver sa solitude.

Jusqu'au moment où elle remporta la troisième place dans le premier concours.

Visiblement, George Ponsonby estimait que cette performance avait dû la rendre plus sociable. A peine descendue de cheval, elle eut tout juste le temps de confier ce dernier à Tim : George se précipita sur elle et lui donna une petite tape sur les fesses en lui adressant son fameux sourire éclatant, censé éblouir les femmes. Doté d'un physique de play-boy, c'était un habitué des concours équestres, qui avait été sélectionné deux fois aux jeux Olympiques. Il s'était marié deux fois également, à de riches héritières qui avaient très vite demandé le divorce pour cause d'infidélité chronique.

De toute évidence, songea Sally avec dérision, il l'avait choisie comme sa nouvelle cible.

— Bravo, Sally ! Félicitations ! Si nous fêtions ça ensemble, ce soir ? Surtout que tu dois rouler sur l'or à présent. C'est le moment ou jamais de faire la fête !

Avant qu'elle ait le temps de lui dire ce qu'elle pensait de son sans-gêne, une voix masculine la fit tressaillir.

— Mademoiselle Maguire n'est pas libre, ce soir. Elle dîne avec moi.

Jack !

Le souffle coupé, elle resta bouche bée.

George battit aussitôt en retraite.

— Désolé. Je ne savais pas que Sally était déjà prise, marmonna-t-il avant de partir à la recherche d'une proie plus facile.

Jack le suivit des yeux un instant, puis il se tourna vers Sally avec une moue sarcastique.

— Il tentait sa chance ?

Elle déglutit péniblement.

— Il tente sa chance avec toutes les femmes.

— Il n'y a donc pas de lien sérieux entre vous ?

— Pas du tout ! Mais que faites-vous ici, Jack ?

— Je suis venu vous voir concourir. Et je serais très heureux de vous inviter à dîner. Mais vous êtes peut-être déjà prise ?

— Non. Le stress de la compétition favorise la formation de couples occasionnels entre cavaliers, mais je n'aime pas ce genre de relations. Je me tiens donc à l'écart.

— Si je comprends bien, vous ne profitez pas des concours équestres pour coucher avec n'importe qui ?

— Je ne couche jamais avec n'importe qui ! protesta-t-elle avec indignation.

Pour qui la prenait-il ?

Il eut un sourire taquin.

— Je plaisantais, Sally. D'ailleurs, si je me suis permis d'intervenir à l'instant, c'est parce que j'ai été offensé pour vous. Non seulement ce goujat était d'une familiarité détestable, mais il voulait se faire inviter !

Offensé ? Elle le regarda d'un air perplexe.

— Si je comprends bien, vous avez eu un réflexe de protection ?

— Non. Je voulais vous garder pour moi tout seul.

Avant qu'elle ait le temps de reprendre ses esprits, il lui indiqua le bar.

— Puis-je vous inviter à boire un café avant la prochaine épreuve ?

— Je préférerais une boisson fraîche.

Elle mourait de chaud, et ce n'était pas seulement à cause du stress de la compétition ! songea-t-elle, le cœur battant à tout rompre. « Je voulais vous garder pour moi tout seul. » Etait-il sérieux ? Ou bien se moquait-il d'elle ?

Tandis qu'ils se dirigeaient vers le bar, elle enleva sa bombe et passa ses doigts dans ses boucles cuivrées.

Un sourire approbateur se dessina sur les lèvres de Jack.

— Je ne peux pas en vouloir à ce George de vous trouver sexy : vous êtes absolument superbe dans cette tenue. Le bleu marine de votre veste accentue l'éclat de vos cheveux et sa coupe cintrée met votre silhouette en valeur. Quant à ce pantalon…

S'efforçant de surmonter son trouble, Sally répliqua d'un ton qui se voulait désinvolte :

— C'est la tenue réglementaire. Et sachez que George s'intéresse plus à mon héritage qu'à ma personne. Mais vous êtes intervenu avant que j'aie le temps de le détromper sur l'étendue de ma fortune.

— Ah ! Ça pose beaucoup de problèmes d'être riche ! s'exclama-t-il, les yeux pétillants de malice. Au moins, à partir de maintenant, vous pourrez être sûre qu'on vous apprécie pour vous-même.

Y avait-il du désir pour elle dans ces yeux étincelants ? Si seulement elle avait pu le savoir ! se dit-elle avec frustration.

— Et vous, Jack ? Y a-t-il beaucoup de femmes qui en veulent à votre fortune ? Comment faites-vous le tri ?

Il haussa les épaules.

— Tôt ou tard, le tri se fait tout seul.

Quel cynisme dans sa voix, songea-t-elle, impressionnée.

— Vous n'avez jamais eu envie de vous marier ?

Il lui jeta un regard grave.

— Envisageriez-vous de m'épouser, Sally ?

Elle se figea, suffoquée. Il ne manquerait plus qu'il s'imagine qu'elle avait décidé de marcher sur les pas de sa mère !

— Bien sûr que non ! Je ne suis pas du tout comme ma mère ! Je ne pourrais jamais envisager de vous piéger, ni de…

— Si je comprends bien, lady Ellen vous l'a suggéré.

Comment le nier ? A en juger par la façon dont il la regardait, il en avait la conviction. Et sans doute l'avait-il compris avant même qu'elle fasse allusion à sa mère… Au comble de l'humiliation, elle sentit ses joues s'empourprer.

— Quel était le plan ? insista-t-il. M'attirer dans votre lit et tomber enceinte ?

Elle hocha la tête avec une grimace de dépit.

— Elle m'a dit que si vous m'aviez engagée pour gérer la propriété, c'était parce que vous vouliez coucher avec moi. Et elle m'a conseillé d'assurer mon avenir en… en vous donnant tout ce que vous désiriez et en… en ayant un enfant de vous.

Elle lui jeta un regard suppliant.

— Mais je serais incapable de faire une chose pareille ! C'est une idée qui me révolte. Il faut me croire.

Etait-ce ce qu'il craignait ? se demanda-t-elle, la mort dans l'âme. Etait-ce pour cette raison qu'il avait gardé ses distances avec elle ?

— Et je ne me marierai jamais par intérêt non plus ! ajouta-t-elle avec véhémence. Je veux…

Elle s'interrompit.

— Que voulez-vous, Sally ?

Elle poussa un profond soupir. A quoi bon mentir ?

— Je veux de l'amour. Un amour sincère et éternel.

Un petit sourire narquois aux lèvres, il effleura sa joue du bout des doigts.

— Et en attendant cet amour… accepterez-vous de passer du temps avec moi ?

Que voulait-il dire ?

Il ne serait question ni d'amour ni de mariage entre eux. Là-dessus, il était très clair.

Mais comment envisageait-il de passer du temps avec elle ? Il fallait absolument qu'elle en ait le cœur net.

— M'avez-vous engagée pour coucher avec moi ?

Jack resta imperturbable. Attention, il fallait jouer serré…

— Non. J'avais envie d'apprendre à vous connaître. De tout savoir de vous… de la vie que vous menez. C'est pour ça que je suis venu vous voir concourir.

Après tout, ce n'était pas tout à fait un mensonge. Il avait vraiment envie de mieux la connaître…

Sally déglutit péniblement. Pouvait-elle le croire ? Il semblait sincère. Et il n'avait pas eu le moindre geste équivoque lors de son séjour à Yarramalong, se rappela-t-elle.

— Ça vous ennuie ? demanda-t-il d'une voix douce. J'ai pris beaucoup de plaisir à vous regarder. J'ai même été très frustré quand votre cheval a heurté la partie supérieure de l'obstacle lors du triple saut. Sans cela, vous auriez gagné. Mais si mon intérêt vous perturbe…

— Non, pas du tout.

— Dans ce cas, acceptez-vous de me faire partager vos émotions de la journée au cours du dîner, ce soir ?

— Avec plaisir.

Sally se sentit submergée par une excitation délicieuse.

Vivement ce soir !

8.

— Sally Maguire monte Midnight Magic…

C'était la dernière épreuve de la journée. La plus importante pour les concurrents, parce qu'elle permettait de remporter des points pour la sélection dans l'équipe de la coupe du monde.

Dans les tribunes, Jack se pencha en avant pour mieux voir Sally. Midnight Magic était son meilleur cheval et elle l'entraînait depuis cinq ans. C'était un animal magnifique, crinière et queue tressées, robe étincelante brossée en motif à damiers. Admirablement préparé par Tim Fogarty, c'était un cheval remarquable. Mais ce qui comptait pour cette épreuve, c'étaient les performances et non l'apparence.

Depuis quand ne s'était-il pas senti aussi anxieux ? se demanda Jack. Sans doute depuis l'époque des tournois de poker, lorsqu'il cherchait à gagner de l'argent le plus rapidement possible pour pouvoir affronter un jour son père sur son terrain.

Aujourd'hui, il voulait que Sally gagne, mais malheureusement, il n'avait aucun pouvoir sur le résultat du concours. Tout dépendait d'elle et de son cheval…

Que lui arrivait-il ? Jamais il n'aurait imaginé qu'il se sentirait aussi concerné par cette compétition.

Il n'éprouvait plus seulement du désir pour Sally, pourquoi le nier ? Il se sentait merveilleusement bien en sa compagnie.

Par ailleurs, son naturel et sa droiture lui inspiraient un profond respect. A côté d'elle, les femmes sophistiquées de son entourage étaient mortellement ennuyeuses.

Il n'avait eu aucune intention de s'immiscer dans sa vie privée, et pourtant, George avait bien failli recevoir son poing dans la figure. Dire qu'il avait osé poser les mains sur elle !

« Elle est à moi… »

Il secoua la tête. Que lui prenait-il ? Serait-il en train de perdre le contrôle ?

Sally lui avait tellement manqué qu'il n'avait pas eu la patience d'attendre la fin des travaux pour la revoir. Décidément, cette femme provoquait en lui des réactions tout à fait inhabituelles…

Le signal du départ fut donné et Sally s'élança. Tandis qu'elle amenait Midnight Magic dans un trot régulier vers le premier obstacle, Jack sentit son estomac se nouer. En voyant le cheval franchir l'obstacle avec aisance, il fut submergé par un immense soulagement.

« Vas-y, Sally… Vas-y… » Il jeta un coup d'œil au temps affiché sur le panneau lumineux. Les secondes défilaient. Le cheval effleura le deuxième obstacle. Le faisait-elle aller trop vite ? La prochaine étape était le triple obstacle. Si l'allure n'était pas très précisément dosée, le cheval risquait de se dérober…

Incapable de tenir en place, Jack se leva au moment où Sally atteignait le triple obstacle, en avance sur le temps du précédent concurrent. La réussite du triple saut dépendait d'une parfaite maîtrise de la monture… Le cœur battant à tout rompre, il regarda Midnight Magic survoler les trois obstacles dans des sauts impeccables et franchir la dernière ligne au galop.

Elle avait réussi !

Pour l'instant, elle était en tête du classement !

Il applaudit avec un tel enthousiasme qu'il en eut mal aux mains. Elle regarda dans sa direction et il lui adressa un signe de félicitations. Elle répondit avec un sourire radieux. Lorsqu'elle quitta la piste, il se rassit, le cœur gonflé de joie. Il restait encore deux concurrents en lice, mais elle avait réussi un parcours remarquable et il était ravi pour elle.

Elle avait gagné !

Sally fut submergée par un merveilleux sentiment de triomphe lorsque le juge passa le ruban bleu autour de l'encolure de Midnight Magic. Elle parcourut les tribunes du regard à la recherche de Jack, mais celui-ci ne s'y trouvait plus. Sans doute était-il déjà en chemin pour venir la rejoindre... Elle était déjà arrivée plusieurs fois troisième, mais jamais elle n'avait obtenu la première place à ce niveau de compétition.

Cette victoire, elle la devait à Jack et au soutien moral qu'il lui avait apporté. Elle brûlait d'envie de le remercier. A la vérité, elle était si impatiente de le retrouver qu'elle en tremblait de tout son corps.

Il l'attendait juste derrière la barrière en compagnie de Tim Fogarty. Les deux hommes arboraient des sourires ravis. Elle descendit de cheval et Tim lui prit les rênes des mains.

— Bravo, Sally ! M. Maguire vient de me dire qu'il vous invitait à dîner pour fêter votre victoire et je dois dire que vous le méritez amplement. Je vais m'occuper des chevaux et les ramener à la propriété. Passez une bonne soirée.

— Merci, Tim. Avant que vous partiez, il faut que je me change dans le van.

— Je suis là encore pour un moment. Prenez votre temps. Donnez-moi votre bombe, je vais la ranger.

Elle s'empressa d'enlever sa bombe puis, vibrante d'excitation, se tourna vers Jack. Quand celui-ci ouvrit les bras, elle s'y précipita spontanément. Il la souleva de terre et la fit tournoyer en riant.

— C'est ma meilleure performance ! s'écria-t-elle lorsqu'il la reposa sur ses pieds. Merci de m'avoir soutenue, Jack.

— Je suis très heureux pour vous, répliqua-t-il, les yeux étincelants.

— Je sentais que vous me regardiez, et je voulais absolument réussir pour vous prouver que je mérite votre soutien.

— Je vous encourageais intérieurement à chaque saut.

— J'avais l'impression d'avoir des ailes !

Il éclata de rire.

— Sans doute parce que vous aviez un ange ténébreux à vos côtés.

Elle plissa le front.

— Pourquoi ténébreux ?

Il la regarda d'un air songeur.

— Peut-être ai-je besoin de votre soleil dans ma vie, Sally.

— Oh, oui ! approuva-t-elle, toute joyeuse.

C'était si exaltant de penser qu'elle pouvait lui apporter quelque chose qui n'avait rien de sexuel ! Elle avait l'impression que cela donnait une nouvelle dimension à leur relation. Mais en même temps, c'était si bon d'être blottie contre lui, les seins pressés sur son torse puissant… Des frissons voluptueux couraient dans tout son corps, et c'était délicieux…

Au bout d'un moment, il s'écarta d'elle en déclarant :

— C'est l'occasion ou jamais de boire du champagne.

Il l'entraîna jusqu'à sa BMW, qu'il décapota avant de prendre la direction de Hunter Valley, région de vignobles riche en restaurants.

Comme c'était exaltant de rouler en compagnie de Jack,

cheveux au vent ! Tout en racontant des anecdotes relatives aux concours équestres, Sally ne pouvait s'empêcher de regarder ses mains sur le volant. Elles étaient si belles, si fortes. Les sentir courir sur sa peau devait être fantastique…

Son regard était également attiré par ses cuisses musclées moulées dans son jean. Ce corps superbe qu'elle avait pu admirer au bord de la piscine, elle aurait tellement aimé le sentir nu contre le sien…

Que lui arrivait-il ?

Elle avait beau se répéter que l'amour et le mariage n'étaient pas au programme de Jack, elle ne parvenait pas à chasser ce genre de pensées de son esprit. Pourtant, elle aurait été stupide de succomber à la tentation. Inévitablement, elle finirait par attendre de lui beaucoup plus que ce qu'il était prêt à donner. Par ailleurs, leur relation actuelle en serait perturbée, et peut-être même définitivement gâchée.

Mais c'était plus fort qu'elle. Il lui était impossible d'ignorer l'attirance irrésistible qu'elle éprouvait pour lui.

Ils s'arrêtèrent à Kirkton Park, une résidence hôtelière de caractère située dans un immense parc, au cœur de la région des vignobles. Après avoir commandé des coupes de champagne au bar, ils sortirent dans la roseraie, où des centaines de roses rouges embaumaient l'air d'un parfum voluptueux. Assis sur un banc, ils dégustèrent leur champagne dans la douceur du crépuscule.

Sally questionna Jack sur son travail. Il lui parla des problèmes auxquels il était confronté dans l'industrie des transports, et notamment de la réorganisation des plannings des chauffeurs routiers, afin d'éviter que ces derniers soient obligés de se doper pour rester éveillés lors de trajets trop longs.

— Dans sa course au profit maximum et son désir d'étendre indéfiniment son empire, mon père a trop rogné sur les coûts. Il se moquait éperdument du bien-être de ses employés.

Le regard de Jack s'assombrit.

Impulsivement, elle lui pressa la main.

— Je suis heureuse que cela vous tienne à cœur, Jack.

Il noua ses doigts aux siens, faisant courir dans son bras une chaleur intense qui se répandit dans tout son corps.

— Pourtant, il serait plus facile de s'en moquer, dit-il d'un ton caustique. Trop se préoccuper des autres finit toujours par vous ronger.

Le cœur de Sally se serra. C'était parce que les autres ne lui étaient pas indifférents qu'il était revenu en Australie : pour tenter de gagner l'affection de son père. Puis qu'il avait tenu à faire payer sa mère pour la façon dont elle l'avait traité.

— C'est dans votre nature de vous préoccuper des autres, dit-elle, certaine d'avoir vu juste. Vous n'êtes pas comme votre père.

Il secoua la tête et la considéra avec curiosité.

— Etant donné la générosité dont vous faites preuve, comment avez-vous fait pour survivre dans cette famille ?

Elle haussa les épaules.

— J'ai appris à jouer le rôle qu'on m'avait assigné. Jusqu'à ce que vous changiez les règles du jeu.

Il eut une moue contrite.

— La prochaine fois que je viendrai à la propriété, vous n'êtes pas obligée de m'accueillir avec un Martini, dit-il d'un ton bourru. Contentez-vous d'être vous-même, d'accord ?

— D'accord.

Elle sourit.

Il se leva brusquement et la hissa sur ses pieds.

— J'ai faim. Allons manger.

Il garda sa main dans la sienne et elle eut toutes les peines du monde à ne pas sautiller de joie.

Ils dégustèrent un succulent dîner arrosé d'un verre de chardonnay. Jack évoqua sa vie dans le ranch de son beau-père et les rodéos auxquels il participait quand il était adolescent. Sally buvait ses paroles. C'était fantastique de savoir que les chevaux avaient joué un rôle aussi important pour lui lorsqu'il était plus jeune…

Elle voulait savourer le trajet du retour à Yarramalong en sa compagnie, mais, rattrapée par la fatigue, elle s'assoupit en cours de route. Elle se réveilla soudain en sursaut en sentant un bras se glisser sous ses genoux et une voix murmurer à son oreille :

— Allez, Belle au bois dormant. Nouez vos bras autour de mon cou pour que je puisse vous porter dans votre chambre.

— Pardon… ?

— Nous sommes arrivés à la maison.

L'esprit encore embrumé, Sally se sentit soulevée de son siège et elle noua instinctivement les bras sur la nuque de Jack.

— Je… peux marcher, protesta-t-elle faiblement.

Mais son corps ne fit rien pour confirmer cette affirmation.

— Détendez-vous, Sally.

C'était si agréable de suivre ce conseil… Elle appuya la tête contre l'épaule de Jack, le visage enfoui dans son cou. Comme il sentait bon…

— La clé ! s'exclama-t-elle soudain.

— J'ai la mienne.

Elle poussa un petit soupir d'aise. Il avait pensé à tout… A cette heure tardive, la maison était vide, mais Jeanette avait dû laisser la lumière allumée dans le hall avant de regagner le pavillon avec Graham. Tim avait dû les prévenir qu'elle rentrerait plus tard avec Jack. La chambre d'amis avait dû être préparée. Pas de problème de ce côté-là. Sauf qu'elle avait envie de rester dans ses bras. C'était si bon…

La porte d'entrée s'ouvrit puis se referma.

Ils traversèrent le hall.

Plus Jack approchait de sa chambre, plus le cœur de Sally s'affolait dans sa poitrine. Sa langueur avait disparu, et elle était à présent tout à fait réveillée. Le moment de la séparation était tout proche…

Jack ouvrit la porte, la laissa ouverte.

Elle sentit ses muscles se tendre, tandis qu'il approchait du lit, à la lueur de la lumière provenant du couloir. Il allait la poser sur le lit et s'en aller.

Pourquoi fallait-il qu'il se comporte en gentleman ? se demanda-t-elle avec dépit.

« Pose-la sur le lit et va-t'en », se dit Jack. Elle lui faisait confiance. Et lui, comme un idiot, n'avait pu s'empêcher de la prendre dans ses bras pour la porter jusqu'à sa chambre… Et bien sûr, la tenir contre lui avait déclenché un désir violent, à la limite du supportable. La douceur de ses seins contre son torse, son souffle tiède dans son cou le bouleversaient. Il mourait d'envie de sentir ses lèvres contre sa peau, mais elle ne l'avait pas embrassé. N'importe quelle autre femme de sa connaissance n'aurait pas hésité à prendre l'initiative. Mais Sally…

« Contente-toi de la poser sur son lit et laisse-la s'endormir en savourant sa victoire. Elle a eu une rude journée. »

Il se pencha et la coucha avec délicatesse sur le lit. Les bras de la jeune femme restaient noués autour de son cou, constata-t-il. Il contempla son visage, encadré par les boucles cuivrées répandues sur l'oreiller. Ses yeux grands ouverts contenaient une prière silencieuse, qui faisait écho à son propre désir.

Comment résister ? C'était impossible…

Il s'empara de sa bouche dans un baiser sauvage, auquel elle répondit avec une ardeur égale à la sienne, tout en enfonçant les doigts dans ses cheveux.

Sans presque en avoir conscience, il s'allongea près d'elle. Aussitôt, il sentit son corps se plaquer contre le sien et il la serra étroitement dans ses bras, approfondissant encore son baiser.

— Je veux te voir nue, murmura-t-il d'une voix rauque en s'arrachant à ses lèvres et en glissant la main sous son T-shirt pour dégrafer son soutien-gorge.

Ils se déshabillèrent mutuellement avec frénésie, jetant les vêtements par terre au fur et à mesure. Une fois nus, ils s'enlacèrent de nouveau, peau contre peau, dévorés par une passion brûlante.

Glissant la main entre les cuisses de Sally, Jack crut perdre la raison. Elle était prête à le recevoir, chaude, humide… Incapable de retarder plus longtemps le moment dont il rêvait depuis des semaines, il plongea en elle et s'empara de nouveau de sa bouche. Tout en lui rendant son baiser avec fougue, elle noua les jambes autour de sa taille et creusa les reins, l'invitant à s'enfoncer au plus profond d'elle.

Il perdit ses dernières bribes de sang-froid et l'emporta dans une spirale de feu tourbillonnante, au sein de laquelle ils ne formaient plus qu'un seul être impatient d'atteindre la volupté suprême. Le mouvement rythmé de leurs deux corps confondus s'accéléra peu à peu et ils furent balayés au même instant par une vague de plaisir d'une violence inouïe, qui leur arracha un même cri rauque.

Ils restèrent un long moment étroitement enlacés, haletants, éblouis. Puis Jack promena lentement les doigts dans les boucles de la chevelure de Sally, huma leur parfum. Sa peau était douce et soyeuse, et son corps voluptueux, sensuel… La prochaine fois, il prendrait le temps de l'explorer millimètre par millimètre, de le couvrir de baisers et de caresses. Mais pour l'instant, il n'avait qu'une envie, la garder étroitement serrée contre lui.

Elle s'était endormie, constata-t-il quelques instants plus tard.

Cela prouvait qu'elle ne regrettait pas ce moment de folie. Ou bien qu'elle était satisfaite pour une raison beaucoup plus terre à terre…

Jack eut l'impression de recevoir une douche glacée.

Comment avait-il pu perdre la tête à ce point ?

Il avait oublié de mettre un préservatif.

9.

Sally fut réveillée par la sonnerie insistante du téléphone. Aussitôt assaillie par le souvenir de la nuit, elle tourna la tête. Jack n'était plus là. Et le téléphone continuait de sonner… En décrochant, elle jeta un coup d'œil au réveil et laissa échapper un petit cri de surprise. 9 h 07. Elle avait dormi presque dix heures !

Jeanette était sûrement dans la cuisine depuis un bon moment. Elle avait dû prendre l'appel et le transférer dans sa chambre.

— Sally Maguire, répondit-elle.

— C'est Jack.

Au son de la voix profonde, son cœur fit un bond dans sa poitrine. Elle renversa la tête sur l'oreiller en souriant et sa main libre se posa instinctivement sur son ventre. Quel plaisir inouï il lui avait donné… Quelles sensations incroyables…

— Je viens de me réveiller, dit-elle en souriant béatement.

— Moi aussi.

— Où es-tu ?

— Chez moi, à Sydney.

— Pourquoi n'es-tu pas resté ?

— J'ai un rendez-vous pour le déjeuner.

— Ah…

Elle eut un pincement au cœur. Bien sûr… Sa vie était à Sydney. Surtout, elle ne devait pas trahir sa déception. Mais sans doute était-ce déjà fait…

— J'ai passé une soirée fantastique, déclara-t-elle d'un ton enjoué.

— J'en déduis que tu ne regrettes pas ce qui s'est passé.

— Bien sûr que non !

Comment aurait-elle pu le regretter ?

— Ce n'était pas prémédité de ma part, Sally.

Il était sincère, elle en était certaine. D'ailleurs, n'était-ce pas elle qui s'était pendue à son cou pour l'inciter à la rejoindre sur le lit ?

— Et j'ai oublié d'utiliser un préservatif, ajouta-t-il d'un ton neutre.

Elle sentit son sang se glacer dans ses veines. Pensait-il qu'elle l'avait attiré dans son lit dans l'espoir de tomber enceinte ? Etait-il parti lorsqu'il s'était rendu compte de son imprudence, persuadé qu'il était tombé dans un piège ?

— Jack, il n'y a aucun risque ! Je prends la pilule.

Elle non plus n'avait pas prémédité ce qui s'était passé. Cependant, dès que sa mère avait quitté la propriété, elle avait pris rendez-vous chez son médecin pour régler le problème de la contraception. Consciente de sa vulnérabilité face à l'attirance que Jack exerçait sur elle, elle avait décidé de ne prendre aucun risque.

— C'est un grand soulagement. J'aurais été très déçu si tu n'avais pas été en état de participer à la coupe du monde, plaisanta-t-il.

Elle se sentit soudain beaucoup plus légère. Apparemment, il la croyait…

— Je n'en suis pas encore là, répliqua-t-elle en riant. C'est seulement le début de la saison, et pour me qualifier, il faudra que j'obtienne de bons résultats à toutes les épreuves.

— Ceux d'hier sont très prometteurs. Je suis heureux d'avoir assisté à ta victoire.

— Merci. Quand penses-tu revenir ici ?

A peine cette question eut-elle quitté ses lèvres qu'elle se maudit. Quelle idiote ! Il ne fallait surtout pas lui donner l'impression de le harceler !

— Sans doute le week-end prochain. Je te préviendrai.

Elle eut un pincement au cœur. C'était beaucoup trop vague… Elle allait attendre son coup de téléphone sur des charbons ardents. Mais pas question de l'avouer.

[illegible] souhaite de passer une bonne semaine, Jack. [illegible]erci d'avoir rendu la journée d'hier encore plus [illegible]iale.

[illegible] C'est normal. Tu es une femme très spéciale, Sally [illegible]ire. Au revoir.

[illegible] Au revoir.

[illegible]e resta allongée un long moment dans le lit, le récepteur pressé contre son cœur. « Une femme très spéciale. » Pourvu que ce soit un compliment… Pourvu qu'elle l'ait convaincu qu'elle n'avait fait aucun calcul sordide… Et qu'il ferait tout pour la revoir le plus tôt possible… Ne lui avait-il pas dit qu'il voulait apprendre à la connaître ?

Avec un petit soupir, elle finit par se lever. Après avoir pris sa douche, elle s'habilla et gagna la cuisine.

Elle y trouva Jeanette, qui lisait un journal du dimanche en buvant une tasse de thé. Elle leva la tête à l'entrée de Sally.

— Bonjour. Prête pour le petit déjeuner ?

— Mmm. Je meurs de faim.

En réalité, elle ressentait un manque cruel, qu'elle avait besoin de compenser en mangeant, reconnut Sally intérieurement.

— Je vais prendre un petit déjeuner complet, ce matin. Bacon, œufs, tomate et champignons, si nous en avons.

— Tout de suite.

Jeanette se leva et commença à s'affairer en jetant à Sally des coups d'œil furtifs.

— Ça ne vous ressemble pas de dormir aussi longtemps. Je ne vous aurais pas passé ce coup de téléphone si ça n'avait pas été M. Maguire.

— La journée a été rude, hier, éluda Sally.

— Tim nous a dit que vous aviez gagné l'épreuve la pl importante. Félicitations !

— Merci.

— Il paraît que M. Maguire est venu spécia pour vous voir concourir, puis qu'il vous a invitée et raccompagnée jusqu'ici.

Cette dernière remarque fut accompagnée interrogateur.

— Oui, en effet.

S'efforçant de prendre un air dégagé, Sally se hissa sur le tabouret que la gouvernante venait de quitter.

— Mais il n'est pas resté, insista Jeanette.

— Non. Il devait rentrer à Sydney. Il a appelé pour dire qu'il viendrait probablement le week-end prochain.

— Je vais prévenir tout le monde.

Après avoir mis du beurre à chauffer dans la poêle, Jeanette sortit du réfrigérateur les ingrédients dont elle avait besoin et indiqua la machine à café d'un signe de tête.

— Servez-vous, il vient d'être fait, exprès pour vous.

— Vous me gâtez trop, Jeanette.

— C'est avec plaisir. Vous avez toujours été adorable.

Jeanette fit une pause, puis elle ajouta :

— D'après Tim, M. Maguire est très impressionné par vous.

Le cœur de Sally se gonfla de joie.

— Tant mieux, parce que je l'apprécie beaucoup, moi aussi, répondit-elle avec un large sourire.

Ce qui lui valut un regard inquiet.

— Ça ne risque pas de poser des problèmes, Sally ? Je veux dire… La situation est un peu compliquée…

Remarque très judicieuse, malheureusement… Que se passerait-il si Jack se lassait d'elle beaucoup plus vite qu'elle ne l'espérait ? se demanda Sally, l'estomac noué.

— Je ne sais pas, Jeanette, dit-elle en faisant appel à toute sa volonté pour surmonter la vague de panique qui menaçait de la submerger. Mais quoi qu'il arrive, je suis persuadée qu'il ne reviendra pas sur ses engagements. Nous sommes assurés de rester ici au moins un an.

Avec ou sans lui…

— Oui. Sans doute. Et qui sait ?

Jeanette eut un sourire plein d'espoir.

— Peut-être que tout va très bien se passer.

Sally resta silencieuse. Pour l'instant, c'était un rêve chimérique. Mais pas question de jouer les rabat-joie. D'autant plus qu'elle avait très envie elle-même de rêver…

Pourquoi se voiler la face ? Elle était éperdument amoureuse de cet homme. Bien sûr, il ne lui avait pas caché que l'amour et le mariage ne faisaient pas partie de ses projets. Cependant, peut-être finirait-il par changer d'avis…

— Où avez-vous dîné ? demanda Jeanette.

Enfin une question à laquelle il était facile de répondre… Au grand soulagement de Sally, le reste de la conversation tourna autour du dîner à Kirkton Park et de la compétition.

Puis Jane téléphona pour savoir comment s'était passé le concours et elle fit lui partager l'excitation de la victoire. Devait-elle lui raconter tout ce qui s'était passé ? Certes, elles n'avaient jamais eu de secrets l'une pour l'autre. Cependant, elle n'avait aucune envie d'entendre les commentaires anxieux que ne manqueraient pas de déclencher ses confidences.

Ce fut Jane qui finit par demander :

— Sais-tu quand Jack doit revenir te voir ?

— Il a appelé ce matin pour dire qu'il viendrait probablement le week-end prochain, répondit Sally en s'efforçant de prendre un ton neutre.

Cacher la vérité à Jane la mettait horriblement mal à l'aise…

Mais il était trop tôt, se dit-elle fermement. D'ailleurs, sa « relation » avec Jack était peut-être déjà terminée. Elle mettrait Jane au courant s'il venait le week-end prochain et si tout se passait bien.

— Est-ce que je peux venir moi aussi ? demanda sa sœur. J'aimerais bien le connaître un peu mieux.

Sally fut assaillie par un vif sentiment de culpabilité. Jamais elle n'aurait cru ça possible, mais elle n'avait aucune envie de voir sa sœur… En sa présence elle serait complètement inhibée avec Jack. Et de toute façon, ce dernier avait bien précisé qu'il ne voulait pas que leurs visites coïncident.

— Tu peux venir aussi souvent que tu veux, mais pas quand il est là, déclara-t-elle franchement. Il me l'a précisé dès le début. Peut-être deviendra-t-il moins intransigeant sur ce point avec le temps, mais je pense qu'il est trop tôt pour tenter de revenir sur les conditions qu'il a imposées.

Seul le silence lui répondit.

Sally déglutit péniblement. Jamais elle ne s'était sentie aussi mal à l'aise…

— Il pense que je me suis rangée du côté de maman chez le notaire ?

— Je ne sais pas.

Cette situation était beaucoup trop embarrassante pour qu'elle ait le courage d'en discuter, décida Sally.

— Je lui en parlerai quand l'occasion se présentera, d'accord ?

— Je ne veux surtout pas te causer de problèmes.

Sally réprima un soupir.

— Ne t'inquiète pas, Jane. Concentre-toi sur tes études. Je m'occupe de tout le reste.

A son grand soulagement, sa voix assurée suffit à régler le problème. Temporairement. Car un jour où l'autre, pourtant, il lui faudrait l'affronter en face, elle le savait.

Pendant toute la semaine, Sally déborda d'activité. Chaque jour, son espoir grandissait. Si Jack n'avait pas annulé les travaux de décoration de la chambre principale, cela signifiait sans doute que rien n'était changé entre eux.

Le lundi, la nouvelle moquette fut posée. Elle était d'un vert plus profond que les portes des placards, et si luxueuse qu'on avait l'impression de marcher sur du velours.

Le mardi, il y eut une première livraison de meubles. De style rustique, ils étaient de bois clair, orné de volutes dorées. Un lit extra-large, deux tables de chevet, et une table basse accompagnée de deux fauteuils recouverts de brocart vert pâle bordé d'un galon doré.

Le mercredi arriva une télévision à écran plasma, que les livreurs accrochèrent au mur. A la place qu'occupait auparavant la coiffeuse de sa mère, songea Sally. Le fait qu'il fasse installer une télévision dans sa chambre suggérait-il que Jack avait l'intention de séjourner souvent à la propriété ?

Le jeudi, le reste des meubles arriva. Deux splendides lampes de table or et ivoire. Une parure de lit en coton égyptien vert jade. Un dessus-de-lit de brocart assorti aux fauteuils. Des coussins vert et or. Et pour habiller la double porte-fenêtre qui ouvrait sur la terrasse, des rideaux de soie vert sombre, retenus par des embrasses en torsade dorée se terminant par des glands. Entre les deux, des voilages d'organdi ivoire, suspendus à une tringle dorée aux extrémités en volutes.

Le tout constituait un décor extrêmement raffiné, mais en fin d'après-midi arriva l'élément le plus inouï. Un tableau de maître, qui prit place au milieu du mur, face aux fauteuils. Un Monet authentique ! constata Sally avec incrédulité. Il devait valoir des millions de dollars, et Jack avait choisi de le faire venir jusqu'à Yarramalong !

Pas de doute, il comptait sûrement venir très régulièrement. Certes, le tableau s'inscrivait admirablement dans le décor, mais s'il tenait à avoir dans cette chambre une œuvre aussi admirable et d'une telle valeur, c'était forcément parce qu'il avait l'intention d'y passer beaucoup de temps. Avec elle…

Ce soir-là, Jack appela.

— J'arriverai en hélicoptère à 18 heures demain, annonça-t-il sans préambule.

— Je t'accueillerai avec une coupe de champagne.

— Du champagne ? répéta-t-il, manifestement amusé.

— Oui. D'une part tu m'as dit que tu ne voulais plus de Martini, et d'autre part, j'estime que la nouvelle décoration de la chambre mérite d'être célébrée au champagne.

— Elle te plaît ?

— Beaucoup ! Tout est fantastique. Mais surtout… Le tableau… il est tellement extraordinaire que je ne peux pas m'empêcher d'aller le contempler régulièrement !

Il rit.

— C'est un de mes investissements les plus extravagants. Je suis heureux qu'il te plaise. J'avais envie que nous puissions l'admirer ensemble.

« Ensemble »… Le cœur battant à tout rompre, Sally

fut submergée par une joie indicible. Mais aussitôt, elle s'incita au calme. Mieux valait éviter de rêver. Pour Jack, ce tableau n'avait peut-être pas la même valeur symbolique que pour elle. Et s'il faisait autant d'efforts pour rendre le décor de sa chambre accueillant, peut-être était-ce tout simplement pour lui un moyen de se sentir moins coupable à l'idée qu'il finirait par la quitter lorsqu'il serait lassé d'elle…

Comment oublier qu'il était revenu en Australie pour prendre sa revanche et s'emparer de tout ce que son père lui avait refusé ? Et que ferait-elle si elle découvrait que leur relation n'était pour lui qu'une façon de parachever sa vengeance ?

— Sally ?

Elle tressaillit.

— Oui ?

— Pourquoi ce silence ?

— J'étais en train de penser… Nous ne nous connaissons que depuis très peu de temps et…

— Le temps n'a rien à voir avec les liens qui nous unissent.

Elle fut envahie par une joie indicible.

Les liens qui les unissaient étaient bien réels ! Jack les ressentait comme elle. Il était trop tard pour faire machine arrière et se détacher de lui. De toute façon, elle n'en avait aucune envie, elle voulait aller de l'avant. Avec lui. Peu importait s'il ne pouvait pas lui offrir un amour éternel.

— J'apporterai une bouteille de champagne et nous porterons un toast ensemble.

— Les coupes seront prêtes. Et le seau à glace également.

— J'ai hâte d'être à demain, murmura-t-il d'une voix caressante. Bonne nuit, Sally.

— Bonne nuit, Jack.

Elle aussi avait hâte d'être à demain.

Son bonheur serait peut-être éphémère, mais tant qu'il durait, elle avait bien l'intention de le savourer.

10.

Cette arrivée à Yarramalong était différente des précédentes, se dit Jack quand les prés verdoyants et les clôtures blanches furent en vue. Pour la première fois, il ne se sentait plus étranger. Parce qu'il avait déjà fait un séjour dans la propriété. Parce qu'il avait été accepté par le personnel. Mais surtout, parce que Sally l'attendait.

Une semaine plus tôt, il avait vécu un des pires moments de son existence après s'être rendu compte qu'il avait oublié de mettre un préservatif. Comment avait-il pu perdre la tête à ce point ? Il en avait toujours dans son portefeuille et il y pensait systématiquement. Heureusement que Sally n'était pas une intrigante comme sa mère…

Elle était enthousiasmée par la décoration de la chambre, songea-t-il en souriant. Il l'avait imaginée en pensant à elle, et le Monet avait eu apparemment l'effet escompté. Elle semblait subjuguée par ce tableau. Partager la même émotion devant une œuvre d'art les rapprocherait encore.

Il eut une petite moue de dérision. Comme il se sentait possessif avec elle ! Jamais aucune femme n'avait éveillé en lui un tel instinct. Etait-ce parce qu'elle avait eu droit pendant des années à tout ce dont il avait été privé ? Son désir de posséder non seulement son corps mais aussi une partie de son âme était elle pour lui une façon de réparer cette injustice ?

Quelle qu'en soit la raison, Sally déclenchait en lui des réactions inédites. Contrairement aux autres femmes, elle n'était pas une simple partenaire sexuelle avec qui passer de bons moments quand il en avait l'envie et le loisir. Elle occupait son esprit en permanence, même quand il était en plein travail. Mais peu importait. Son obsession pour Sally finirait bien par s'estomper avec le temps.

Une vague de désir le submergea quand il la vit sortir de la maison. Vêtue d'un corsage noir ajusté qui mettait en valeur sa poitrine généreuse, et d'une jupe blanche bordée de noir, elle avait la tête levée vers l'hélicoptère. Les rayons du soleil couchant avivaient les reflets cuivrés de son épaisse crinière ébouriffée et le tourbillon d'air provoqué par les pales de l'hélice plaquait le tissu de sa jupe autour de ses longues jambes. Des jambes qui s'étaient nouées autour de sa taille sans la moindre inhibition…

Transpercé par un éclair de désir, Jack prit la bouteille de Veuve Clicquot posée à côté de lui dans son étui isotherme et sauta de l'appareil dès que celui-ci eut touché le sol.

En proie à une vive excitation, Sally fut parcourue d'un long frisson. Comme il était beau ! Et à en juger par son sourire radieux, il était heureux de la voir. Ses yeux bleu électrique étincelaient, et même en cherchant bien il était impossible d'y déceler la plus légère ombre. Parce qu'elle apportait du soleil dans sa vie, avait-il dit… Comme c'était merveilleux de se dire qu'elle avait ce pouvoir !

— Bonjour, dit-il en levant la bouteille. Les coupes sont prêtes ?

Elle laissa échapper un petit rire ravi.

— Oui, et le seau à glace aussi.

— Bravo !

Il passa un bras autour de sa taille et l'embrassa brièvement avant de l'entraîner vers la maison.

— Je rêve de ce moment depuis ce matin.

— Moi aussi, répondit-elle franchement.

Comment prétendre le contraire ? Serrée contre lui, elle était électrisée par la chaleur de son corps et par le frôlement de sa cuisse contre la sienne. Comme c'était bon !

Il frotta sa joue contre ses cheveux d'un geste tendre et elle fut envahie par une émotion indicible. Quelle bonne idée elle avait eue de demander à Jeanette de préparer un dîner facile à réchauffer et de lui donner sa soirée, ainsi qu'à Graham ! Certes, sur le moment elle s'était sentie un peu embarrassée parce que cela indiquait clairement qu'elle avait envie de rester seule avec Jack. Mais à présent, elle se félicitait d'avoir été aussi prévoyante.

A sa grande joie, il l'entraîna directement vers la chambre. Elle aussi n'avait qu'une envie : se retrouver seule au monde avec lui !

Elle avait laissé la porte grande ouverte pour qu'il ait un aperçu des changements dès le couloir, mais il ne fit aucun commentaire.

— Les coupes sont là ! Parfait ! lança-t-il en se dirigeant tout droit vers la table basse.

— Jack, est-ce que la nouvelle décoration te plaît ?

Il posa la bouteille, puis se tourna vers Sally, la prit dans ses bras en plongeant son regard dans le sien.

— Du moment qu'elle te plaît, c'est l'essentiel.

Sur le moment, elle ne prêta pas vraiment attention à cette déclaration. Ce qui la frappa en revanche, ce fut la passion qui faisait vibrer la voix de Jack et le désir qui enflammait son regard. Son cœur se mit à battre à coups redoublés, tel un bongo rythmant une salsa endiablée.

Il s'empara de sa bouche dans un baiser avide qu'elle lui rendit avec une passion sauvage. A chaque seconde, la joute sensuelle de leurs langues gagnait en frénésie, tandis que leurs bouches se mêlaient de plus en plus étroitement.

Les bras de Sally étaient noués sur la nuque de Jack, ses seins écrasés contre son torse puissant, son ventre pressé contre sa virilité pleinement éveillée. S'arrachant à sa bouche, il couvrit son visage de baisers.

— J'ai tellement envie de toi que je ne peux pas attendre, murmura-t-il.

— Moi non plus, s'entendit-elle répondre d'une voix rauque.

Ils s'arrachèrent mutuellement leurs vêtements. Ils étaient impatients de se retrouver nus, peau contre peau. Se hissant sur la pointe des pieds, Sally se plaqua contre le corps chaud et musclé de Jack. Elle aimait cet homme. Elle l'aimait à la folie et elle avait terriblement envie de lui…

Il la souleva de terre et la porta jusqu'au lit. Après avoir fait voler dans la pièce le dessus-de-lit et tous les coussins, il la posa délicatement sur les draps de coton et contempla un instant son visage auréolé des boucles cuivrées répandues sur l'oreiller.

Les yeux étincelants, il se pencha sur elle.

Sally noua les jambes sur ses hanches et il entra en elle avec un gémissement de plaisir.

S'emparant de sa bouche avec fougue, il l'emporta dans un tourbillon de passion sauvage, dévastatrice, au sein duquel leurs deux corps se mouvaient dans une osmose parfaite. Très vite, le monde chavira. Le plaisir les cueillit en même temps et ils se laissèrent engloutir, souffles mêlés et cœurs battant à l'unisson.

Un moment plus tard, lorsqu'ils reprirent peu à peu conscience, Jack roula sur le dos sans lâcher Sally. La tenant étroitement serrée contre lui, il lui caressa doucement les cheveux et le dos. Noyée dans une brume de félicité, elle savourait cet instant merveilleux, elle était incapable de bouger ni même de penser.

— Heureuse ? finit-il par demander d'une voix alanguie avec un petit sourire malicieux.

— Mmm…

— Je crois que c'est l'heure du champagne.

— Mmm…

Des millions de bulles de bonheur pétillaient déjà dans son cœur et son esprit, mais s'il voulait en rajouter encore, elle n'y voyait aucune objection…

— Reste ici, dit-il.

Il écarta quelques boucles folles de son visage et la contempla un instant, les yeux brillants.

— Ne bouge pas, insista-t-il avant de bondir sur ses pieds.

Même si elle en avait eu l'intention, elle aurait été bien incapable de bouger, songea-t-elle en admirant le dos et les fesses musclées de Jack. Quel corps splendide ! Larges épaules, hanches étroites, jambes et bras musclés, mais sans excès. Sans doute faisait-il du sport mais sans être obsédé par sa musculature. Sa peau veloutée était une véritable invitation aux caresses. Vivement qu'il la rejoigne et qu'elle puisse de nouveau y promener les doigts…

Il sortit la bouteille de son étui et la déboucha avec une adresse qui dénotait une longue pratique. Elle eut un pincement au cœur. Ce n'était bien sûr pas la première fois qu'il buvait du champagne avec une femme après l'amour… Mais quelle importance ? Pas question de laisser quoi que ce soit gâcher ce moment privilégié, se dit-elle fermement.

Jack remplit les deux coupes, mit la bouteille dans le seau, puis revint vers elle, un verre dans chaque main. En voyant qu'elle n'avait pas bougé et qu'elle l'attendait, nue et offerte à son regard dans un abandon total, il s'immobilisa pour la contempler.

Sally sentit ses joues s'enflammer.

— Tu n'as même pas regardé le Monet ! s'exclama-t-elle pour masquer son embarras.

A son grand dam, il garda les yeux fixés sur elle.

— Tu es bien plus belle que n'importe quel tableau, Sally. Tu es une œuvre d'art vivante.

A en juger par la chaleur de sa voix et la lueur admirative qui brillait dans ses yeux, il était sincère. Rassurée, elle demanda d'un ton mutin :

— Je peux bouger quand même ?

Il rit.

— Du moment que ce n'est pas pour te sauver…

— Je veux juste me redresser un peu. Je ne peux pas boire mon champagne allongée.

Il posa les coupes sur la table de chevet, puis il cala deux oreillers dans son dos.

— Merci. Mais toi, tu n'as plus d'oreiller…

— Oh, je pense avoir trouvé ce qu'il me faut, répliqua-t-il en baissant les yeux sur ses seins.

Parcourue d'un long frisson, elle jeta un coup d'œil à sa virilité, de nouveau pleinement éveillée. Incapable de résister à la tentation, elle la caressa du bout des doigts.

— Mmm…, murmura-t-il en fermant les yeux.

— Oui, c'est ce que je pense aussi, commenta-t-elle avec un petit rire sexy.

Puis elle s'empourpra de nouveau. Jamais elle ne se serait crue capable d'une telle effronterie…

Il lui tendit une coupe de champagne.

— Comme tu es belle, Sally… Tu l'étais déjà à quatorze ans, mais aujourd'hui, tu l'es bien plus encore.

A quatorze ans ? Il avait gardé cette image d'elle après toutes ces années ? Non, c'était impossible… Et pourtant, sous son regard admiratif elle se sentait belle en effet, et c'était une sensation merveilleuse.

Pour sa part, elle se souvenait parfaitement de l'impression qu'il lui avait faite la première fois. Elle avait été frappée par sa beauté, bien sûr, mais plus encore par l'assurance qui émanait de tout son être.

— Je n'ai jamais oublié notre première rencontre, avoua-t-elle. A partir de ce jour-là, rien n'a plus jamais été comme avant. J'ai commencé à avoir mauvaise conscience.

Elle secoua la tête d'un air contrit.

— Je ne pouvais rien faire pour réparer l'injustice dont tu étais victime, mais je pensais à toi. Très souvent.

Une lueur malicieuse s'alluma dans les yeux bleus de Jack.

— J'ai bien l'intention de faire en sorte que tu continues…

Il s'assit au bord du lit et trinqua avec elle.

— A Monet.

Mais ensuite, au lieu de porter sa coupe à ses lèvres, il y trempa le bout des doigts et fit tomber quelques gouttes sur la pointe d'un sein de Sally. Il se pencha et recueillit le champagne du bout de la langue avant de refermer les lèvres sur le bourgeon hérissé. Le souffle coupé, Sally se sentit transpercée par mille petites flèches de plaisir.

Il fit subir le même traitement à l'autre sein. Sally crispait les doigts sur sa coupe, comme si elle tentait de se raccrocher à une bouée au milieu de la tempête de sensations que Jack déclenchait en elle. Lorsqu'il but le champagne qu'il venait de faire couler dans son nombril, elle laissa échapper un gémissement.

Il leva la tête et lui adressa un sourire diabolique.

— Tu es censée boire en même temps que moi, murmura-t-il. Si tu fais comme si de rien n'était, ça deviendra encore plus excitant.

Il descendit encore plus bas. Sally essaya de boire une gorgée, mais au même instant, Jack fit couler quelques gouttes de champagne sur la fleur de sa féminité avant de lécher délicatement celle-ci. Elle crut défaillir. Au fur et à mesure qu'il répétait l'expérience, elle était emportée dans un tourbillon de sensualité de plus en plus violent. Comment faire comme si de rien n'était ? C'était impossible ! Elle posa sa coupe et saisit la tête de Jack à deux mains.

— Arrête ! cria-t-elle en l'obligeant à se redresser. J'ai envie de toi ! Maintenant !

— Tes désirs sont des ordres, murmura-t-il en se redressant.

Elle noua les jambes autour de sa taille et l'accueillit avec délectation au cœur de sa féminité brûlante, gorgée de désir. Tout en l'embrassant avec ferveur, elle enfonça les doigts dans ses cheveux, tandis qu'il allait et venait en elle avec une nonchalance exquise. Peu à peu, il accéléra la cadence, l'emportant inexorablement vers le sommet de la volupté, où il fusionna avec elle dans un bonheur partagé.

Un long moment plus tard, il se leva pour faire couler un bain, puis ils emportèrent la bouteille et les coupes dans la salle de bains et s'installèrent dans la baignoire. Sally dégusta enfin son champagne, le buvant à petites gorgées. C'était du champagne français sans doute très cher et absolument divin. Mais rien n'était plus délicieux que de se prélasser dans l'eau chaude et parfumée, blottie contre Jack…

— La prochaine épreuve permettant de remporter des points pour la qualification en coupe du monde est le Royal Easter Show à Sydney, n'est-ce pas ? demanda-t-il en l'embrassant dans le cou.

— Oui.

— Tu pourrais habiter chez moi. Je te conduirais au stade tous les jours et je suivrais la compétition.

— Oh oui, ce serait bien…

Il l'invitait à entrer dans son monde ! Euphorique, elle déposa un baiser sur ses lèvres.

— Pour l'instant, je ne peux pas me passer de toi, Sally, murmura-t-il contre sa bouche.

Elle non plus, elle ne pouvait pas se passer de lui ! Et peu importait qu'il ait précisé « pour l'instant ».

Passer Pâques avec lui à Sydney était une perspective merveilleuse. Tant qu'il voulait d'elle, elle était à lui. Et pas question de se torturer l'esprit en s'interrogeant sur l'avenir. Elle ne voulait penser qu'au présent.

Ce qu'elle fit pendant tout le week-end.

Puis Jack repartit en ville.

Et Jane téléphona.

Encore grisée par les moments merveilleux qu'elle avait passés avec son amant, Sally ne put s'empêcher de se confier à sa sœur.

Elle avait trop envie de partager sa joie avec Jane.

11.

Sally reçut une douche froide.

Malgré tout ses efforts pour tenter de rassurer sa sœur, elle n'eut droit qu'à des exclamations horrifiées : « Oh, non ! », « Tu n'as pas fait ça ? », « C'était ce qu'il voulait depuis le début ! », « Tu es tombée dans son piège ! »

— Jane, s'il te plaît, comprends-moi… Je l'aime, plaida-t-elle. C'est la première fois que je suis amoureuse et…

— Je parie qu'il ne t'a pas dit qu'il t'aimait ! coupa sa sœur d'un ton vif. Il avait décidé de te séduire dès le départ. C'est pour ça qu'il a exigé que je ne vienne pas à Yarramalong en même temps que lui. Il te voulait et il t'a eue. Comme l'avait prévu maman.

— Mais non, ce n'était pas prémédité, Jane. Je t'assure. Nous partageons des moments très intenses. Passionnés, même.

Silence.

— Excuse-moi si je te choque, reprit Sally, mais s'il te plaît ne me gâche pas mon bonheur, Jane.

Il y eut un profond soupir à l'autre bout de la ligne.

— J'espère que tu fais attention. Si tu tombais enceinte, ce serait catastrophique.

— Je prends la pilule. Ne t'inquiète pas. Et Jack m'a invitée à loger chez lui à Sydney quand j'irai là-bas pour le Royal Easter Show. Ça prouve bien qu'il n'a pas seulement l'intention de me garder à sa disposition à Yarramalong, comme l'a dit maman.

Nouveau silence.

— Jane, je suis si heureuse... Il est inutile de te torturer l'esprit. D'accord ?

— J'ai peur que tu souffres.

— Si ça m'arrive, je compte sur mon infirmière de sœur pour m'aider à me remettre, répliqua Sally d'un ton léger, en s'efforçant de réprimer l'angoisse déclenchée par les paroles de sa sœur.

— Bien sûr, Sally. Je serai toujours là pour toi.

— Je sais.

Dieu merci, leur conversation se terminait sur une note positive ! songea Sally avec soulagement.

— Je t'aime, Jane. Je t'aimerai toujours.

Elle aimerait toujours Jack Maguire également, songea-t-elle en raccrochant. L'amour ne se commandait pas. Jack ne l'aimait peut-être pas, mais il se comportait comme si c'était le cas. Les liens qui les unissaient n'étaient pas seulement sexuels, elle en était certaine. Cela devait bien vouloir dire quelque chose...

Sally avait beau essayer de rester positive, elle ne parvenait pas à surmonter la peur que les propos de Jane avaient instillée dans son esprit. Jack tenait-il un peu à elle ? Allait-il bientôt la quitter ?

« Pour l'instant, je ne peux pas me passer de toi. »

Un grand froid l'envahit. Quand se lasserait-il d'elle ? D'ici la fin de l'année ?

Cette pensée la rendait malade. Or, c'était stupide. Elle était heureuse avec lui, et tant que ça durerait, elle en profiterait pleinement. Pas question de continuer à broyer du noir : elle allait vivre au jour le jour et savourer chaque minute passée en sa compagnie.

*
* *

Elle se répéta cette résolution avec fermeté lorsqu'elle partit à Sydney pour le Royal Easter Show. Rien ne gâcherait les moments que Jack et elle passeraient ensemble, se promit-elle.

Elle fut éblouie par son appartement de Woolloomooloo, avec sa grande terrasse dominant le port de Sydney. Les jours où elle participait à des épreuves, il l'accompagnait sur place en hélicoptère et l'encourageait depuis les tribunes. Lorsqu'elle était libre, ils se promenaient ensemble parmi les stands de la foire, mangeaient de la barbe à papa, jouaient à des jeux, gagnaient des lots et s'amusaient beaucoup.

Dans les premières épreuves de saut d'obstacles, elle obtint une première et une troisième place sur son cheval remplaçant. L'épreuve principale, qui permettait de remporter des points de qualification pour la coupe du monde, avait lieu le dernier jour. Si elle gagnait de nouveau avec Midnight Magic, ce serait le couronnement de ce séjour merveilleux à Sydney, songea-t-elle.

La compétition était prévue pour le milieu de l'après-midi. Sally prit un déjeuner léger en compagnie de Jack, puis ce dernier la laissa avec Tim, afin qu'elle puisse superviser la préparation de Midnight Magic et se concentrer avant l'épreuve. Comme d'habitude, il suivrait celle-ci depuis les tribunes et il serait de tout cœur avec elle. Elle avait le vent en poupe et elle espérait bien que ça allait continuer…

— Jack Maguire ?

La voix agressive lui fit tourner la tête. Qui pouvait s'adresser à lui sur ce ton ? A sa grande surprise, il reconnut la sœur cadette de Sally.

Celle-ci ne lui avait pas dit que Jane assisterait à la compétition. Sans doute n'était-elle pas au courant. En tout cas, Jane semblait furieuse. Contrairement à la première fois qu'il l'avait vue, chez le notaire, elle n'avait pas peur de le regarder droit dans les yeux. Ou plus exactement, de le fusiller du regard… Quelle raison pouvait-elle avoir de lui en vouloir ?

— Bonjour, Jane, dit-il en se levant.

Il indiqua le siège qu'il avait loué pour que Sally puisse suivre avec lui les épreuves auxquelles elle ne participait pas.

— Voulez-vous vous joindre à moi ?

— Merci, répliqua-t-elle sèchement en s'asseyant. J'ai pas mal de choses à vous dire.

A peine se fut-il rassis qu'elle se lança dans une diatribe véhémente, le regard accusateur.

— C'est ignoble de votre part de vouloir humilier Sally pour vous venger d'une injustice dont elle n'est pas responsable !

Humilier Sally ? Il n'en croyait pas ses oreilles. C'était ridicule ! Il lui avait donné la possibilité de continuer à vivre comme elle le souhaitait. Et Jane elle-même bénéficiait de leur arrangement. D'ailleurs, elle ne se comportait plus du tout comme une victime…

— Ce n'est pas la faute de Sally si votre père l'a adoptée et lui a offert ce qui aurait dû vous revenir, poursuivit-elle avec la même agressivité. Ce n'est pas sa faute non plus si notre mère vous a exclu de la famille. La faire payer pour ça, c'est vraiment… immonde !

— De quoi parlez-vous ? demanda Jack, de plus en plus interloqué.

— Vous… vous menez ma sœur en bateau. Résultat, elle est tombée follement amoureuse de vous…

« Non, c'est mon corps qu'elle aime », rectifia Jack intérieurement. Sally appréciait autant que lui les moments fantastiques qu'elle passait dans son lit. Et il ne l'avait jamais menée en bateau.

— Mais moi je ne suis pas aveuglée comme elle, Jack Maguire. Je ne suis pas dupe. Je sais que vous vous servez d'elle pour prendre une revanche perverse sur nos parents. Et quand vous serez fatigué d'elle, vous la laisserez tomber comme toutes les autres.

Jack tressaillit.

— Que voulez-vous dire ?

— Je me suis renseignée sur vous. Quand Sally m'a avoué que vous aviez une liaison, j'ai fait des recherches sur internet et dans les archives des journaux. Vous avez un tableau de chasse impressionnant… Et vous quittez systématiquement vos conquêtes au bout de quelques mois.

Jack crispa la mâchoire. Dire qu'elle avait osé fouiller dans sa vie ! Quelle audace !

— Sally est différente, déclara-t-il sèchement.

— Bien sûr qu'elle est différente ! Raison de plus pour l'épargner. Elle n'est pas aussi frivole que les autres. Quand vous la quitterez, elle sera dévastée. Vous aurez eu votre minable petite vengeance, vous vous serez bien moqué d'elle, et…

— Ça suffit ! Vous vous basez sur des ragots pour me juger ? Vous ne savez absolument rien de moi, Jane. Pourquoi ne vous fiez-vous pas à l'opinion de votre sœur au lieu de fouiller dans les poubelles de la presse ?

— Parce que je vous ai vu à l'œuvre chez le notaire. Vous êtes impitoyable et sans cœur. Sally ne mérite pas de souffrir. Pendant toutes les années où nous avons grandi ensemble, elle m'a toujours protégée. Il lui est même arrivé plusieurs fois de se faire punir à ma place. C'est très injuste de vous en prendre à elle ! Si vous aviez le moindre soupçon de décence, vous la laisseriez tranquille avant que cette histoire prenne trop d'importance.

C'était donc ça ! se dit Jack. La petite souris avait rassemblé tout son courage et s'était transformée en lionne pour défendre à son tour sa grande sœur… Même si elle se trompait à son sujet, sa démarche était très respectable.

Mais se trompait-elle tant que ça ? Il ne pouvait nier que sa rancœur à l'égard de son père et de sa belle-mère n'était pas étrangère à l'arrangement qu'il avait proposé à Sally. Cependant, jamais il n'avait eu l'intention de la punir pour ce que ses parents lui avaient fait subir. Et encore moins de la faire souffrir !

— Vous ne savez pas de quoi vous parlez, Jane. Vous vous méprenez sur moi.

— Prouvez-le !

— Tout d'abord, je ne m'en suis pas pris à elle, comme vous dites. Elle a choisi librement d'avoir une liaison avec moi.

— Pff ! Un choix qu'elle a fait après y avoir été très fortement incitée.

Exact, reconnut Jack. Mais étant donné son caractère, rien n'aurait pu la persuader de coucher avec lui si elle n'en avait pas eu envie.

— J'aurais cru que vous connaissiez mieux votre sœur. Elle n'est pas aussi influençable que vous le suggérez.

— Je ne la reconnais plus. Elle a toujours été si raisonnable, si responsable… Vous lui avez fait perdre la tête, et uniquement pour prendre une revanche mesquine. Et ne me dites pas que ce n'était pas prémédité, parce que je ne vous croirai pas ! Vous avez même exigé que je ne sois pas là lors de vos visites, afin d'avoir les coudées franches.

Jack crispa la mâchoire. Sur ce point encore elle avait raison…

— Mais aujourd'hui, je n'enfreins pas cette règle, ajouta Jane en relevant le menton. Nous ne sommes pas chez vous. Vous ne pouvez pas m'ordonner de partir et je ne m'en irai pas tant que je n'aurai pas réussi à vous faire renoncer à cette… vendetta.

Il secoua la tête.

— Il est possible que le passé ne soit pas complètement étranger à ce que je ressens pour Sally, mais…

— Que ressentez-vous ?

Là, elle exagérait !

— Ça ne vous regarde pas, répliqua-t-il sèchement.

— C'est ma sœur. Je m'inquiète pour elle, et j'ai le droit de vous demander si vous tenez à elle.

— *Sally Maguire, sur Midnight Magic.*

En entendant cette annonce, Jack tressaillit. Il avait manqué le passage des concurrents précédents, et il ne savait pas quelle performance devait réaliser Sally pour l'emporter. Il la vit diriger son cheval vers la ligne de départ. La tête tournée vers les tribunes, elle attendait ses encouragements.

D'un moment à l'autre elle allait le repérer et voir sa sœur assise à côté de lui ! Jane lui avait certainement fait part de la défiance qu'elle éprouvait à son égard. En revanche, elle ne l'avait manifestement pas prévenue de sa présence ici, aujourd'hui…

Les voir ensemble risquait de perturber Sally. Or, le moment ne pouvait être plus mal choisi ! Il fallait absolument qu'elle garde tout son sang-froid : les obstacles à franchir lors de cette épreuve étaient particulièrement traîtres. Si elle n'était pas assez concentrée…

L'estomac noué, Jack saisit la main de Jane et bondit de son siège, l'obligeant à en faire autant. Puis il leva en l'air leurs mains jointes pour que Sally puisse les voir.

— Souriez à votre sœur, intima-t-il. Faites comme si vous aviez fait la paix avec moi. Elle ne doit pas subir la moindre contrariété juste avant de concourir.

Soudain, Sally les repéra dans la foule des spectateurs,

et Jack la vit se raidir. Elle venait de recevoir un choc et il fallait absolument la rassurer, se dit-il, de plus en plus anxieux. Il jeta un coup d'œil à Jane. Celle-ci avait un air effaré.

— Souriez, bon sang ! C'est l'épreuve la plus importante pour Sally !

A son grand soulagement, Jane s'exécuta. Il arbora à son tour un sourire éclatant.

— Maintenant, levez les deux mains et applaudissez pour lui montrer que vous l'encouragez. Et surtout, continuez à sourire.

Il lâcha la main de Jane pour applaudir lui-même, et la jeune femme suivit son exemple. Sally sourit. Elle se détendait... Pourvu qu'elle puisse les oublier pour se concentrer sur l'essentiel, à présent...

— Assis, devant ! cria quelqu'un derrière eux.

Jack se rassit. Il ne pouvait rien faire de plus pour rassurer Sally.

— Vous tenez vraiment à elle, murmura Jane d'un air stupéfait en se rasseyant à son tour.

— Bien sûr ! s'exclama-t-il avec exaspération, toujours inquiet malgré lui pour Sally. Et si vous tenez à elle vous aussi, vous allez vous taire pour me laisser me concentrer et l'encourager par la pensée à réussir tous les sauts.

Le starter retentit.

Jane garda le silence.

Jack oublia sa présence, uni par la pensée à Sally et à son cheval, bandant instinctivement les muscles à chaque saut, se détendant une fois l'obstacle franchi, et se raidissant de nouveau à l'approche de l'obstacle suivant. Midnight Magic était très grand et extrêmement puissant. Si Sally ne le contrôlait pas parfaitement, s'il trébuchait sur un obstacle, s'il tombait...

Une fois l'épreuve terminée avec succès, Jack se sentit

submergé par un immense soulagement. Il n'avait même pas regardé le panneau lumineux ! songea-t-il, tout à coup. Il ne savait pas si elle avait réalisé un bon temps ni si elle avait une chance de gagner. Cependant, elle n'avait commis aucune erreur et ni elle ni son cheval n'étaient blessés. C'était l'essentiel.

De nouveau, il bondit sur ses pieds en applaudissant frénétiquement.

Jane se joignit à lui.

Sally leur fit signe avec un large sourire avant de quitter la piste.

— Elle est contente, commenta-t-il avec satisfaction.

Puis, alors qu'ils se rasseyaient tous les deux, il se tourna vers Jane. Pour que le bonheur de Sally ne soit pas gâché, il lui fallait absolument faire la paix avec sa sœur.

— Je suis désolé d'avoir demandé à votre sœur de faire en sorte que nous ne nous croisions pas à Yarramalong. Ce n'était pas correct de ma part. Pour plusieurs raisons, ajouta-t-il avec un sourire contrit.

Il était bien placé pour savoir à quel point il était affreux de se sentir exclu…

— Aujourd'hui, vous m'avez prouvé que vous étiez vraiment une sœur fantastique pour elle, Jane. Que vous étiez prête à tout pour la protéger… C'est très courageux de votre part. Je n'avais pas mesuré l'étroitesse des liens qui vous unissaient. Depuis la mort de ma mère, j'ai perdu l'habitude de ce genre de relations.

Elle restait muette, l'air perdu.

— Lorsque la compétition sera finie, je pense que Sally serait heureuse que nous la rejoignions tous les deux pour la féliciter. Vous êtes d'accord ?

— Oui, dit-elle d'un air hébété.

— Peut-être accepterez-vous de dîner avec nous pour fêter ça ? Un dîner de Pâques en famille, qu'en dites-vous ?

Elle déglutit péniblement, manifestement au comble de la confusion.

— Je suis désolée si je me suis trompée. J'étais tellement inquiète…

— Oublions ça, Jane.

Le lion redevenait souris, constata-t-il devant son regard affolé.

— S'il vous plaît, vous ne répéterez pas à Sally ce que je vous ai dit ? demanda-t-elle d'un ton suppliant. Elle n'apprécierait pas du tout que je…

Jack lui pressa la main d'un geste apaisant.

— Vous cherchiez à la protéger et il vous a fallu beaucoup de courage. Je m'en souviendrai toujours, Jane. Mais le reste est oublié. D'accord ?

Laissant échapper un profond soupir de soulagement, elle eut un petit sourire hésitant.

— Vous êtes un homme très persuasif, Jack Maguire. Je crois qu'il ne me reste plus qu'à espérer que tout va bien se passer.

— Une foule de choses influencent nos vies, nos choix, nos actions, mais au bout du compte, nous sommes responsables de notre destin, affirma-t-il avec une profonde conviction. C'est à mon père que nous devons la situation un peu… compliquée dans laquelle nous nous trouvons aujourd'hui. Mais ce que nous allons en faire ne dépend que de nous.

Elle scruta son visage avec un reste d'anxiété, puis elle hocha lentement la tête.

— Je serais heureuse de dîner avec vous et Sally. J'aimerais apprendre à vous connaître.

— Bien ! s'exclama-t-il avec un large sourire. A présent, regardons le reste de la compétition.

Il tourna son regard vers la piste, où un autre cavalier était sur le point d'entrer en lice, mais son esprit était ailleurs.

Ne venait-il pas lui-même de franchir plusieurs obstacles pour atteindre l'objectif qu'il s'était fixé ?

Eviter que le moindre nuage ne vienne voiler le soleil qui illuminait sa relation avec Sally.

12.

Sept mois plus tard

La Melbourne Cup — la course hippique la plus importante d'Australie — avait lieu le premier mardi de novembre et tenait tout le pays en haleine. Le jour était férié dans l'Etat de Victoria ainsi que dans le Territoire de la Capitale australienne. Sur l'hippodrome de Flemington où fourmillait un public bigarré, le soleil brillait de tout son éclat.

Sally et Jack étaient invités sous la grande tente des cheikhs, où une foule de célébrités se pressaient devant un buffet regorgeant de vins fins et de mets délicats.

Une esthéticienne et une coiffeuse se tenaient à la disposition des dames pour d'éventuelles retouches de maquillage ou de brushing. Sous cette tente prestigieuse dont l'accès était réservé aux privilégiés, rien ne devait gâcher la journée des invités.

Au cours des derniers mois, Sally avait assisté à de nombreuses autres courses en compagnie de Jack, en particulier celles de Royal Randwick et Rosehill Gardens à Sydney. Il possédait une écurie de chevaux de course — parmi lesquels ceux rachetés à son père — et il s'intéressait de près à leurs performances. Sally était enchantée par l'atmosphère de fête foraine et elle aimait regarder les chevaux courir.

Mais surtout, elle ne se lassait pas de la compagnie de Jack.

Ils étaient désormais reconnus comme un couple à ces réunions, et la curiosité qu'avaient soulevée leurs premières apparitions publiques était retombée. Cela n'empêchait pas les autres femmes de chercher par tous les moyens à attirer l'attention de Jack, mais leurs efforts étaient systématiquement déçus.

Sally avait le sentiment que leur relation était solide, même si Jack ne parlait jamais d'avenir. Ses projets se limitaient à prévoir le moment de leur prochaine rencontre. Il ne lui avait jamais dit non plus qu'il l'aimait, et il continuait de passer l'essentiel de son temps à Sydney, tandis qu'elle ne quittait que rarement Yarramalong.

Par moments, elle ne pouvait s'empêcher d'éprouver une certaine frustration. Alors, elle tentait de se raisonner. Ils passaient ensemble des moments merveilleux, se répétait-elle : au lieu de se torturer, elle aurait dû se réjouir. D'autant plus qu'elle ne s'imaginait pas avec un autre homme. Jane elle-même avait fini par accepter leur couple, même si de temps à autre elle lui disait que leur relation était déséquilibrée, Sally étant toujours disponible pour lui, tandis que de son côté, Jack la voyait quand ça l'arrangeait.

Jane n'avait pas tort. Mais il était inutile de revenir sur cet arrangement, avait décidé Sally. Jack avait posé ses conditions dès le départ et elle les avait acceptées.

Malgré tout, elle allait bientôt devoir discuter avec lui de l'avenir de la propriété. Le contrat arrivait à expiration dans dix semaines… Elle avait besoin de savoir ce qu'il envisageait pour la suite. Pour sa propre tranquillité d'esprit, mais aussi pour celle du personnel.

Mais aujourd'hui, c'était un jour de fête. Le moment n'était donc pas idéal pour se tourmenter à propos d'un avenir sur lequel elle n'avait aucun contrôle. Mieux valait s'amuser à observer les gens, faire des pronostics avec Jack, discuter avec les autres invités, manger des huîtres, boire du champagne, et se réjouir de se sentir si élégante dans la tenue qu'elle s'était offerte pour l'occasion…

Sally suivit ce programme à la lettre et passa un excellent moment… jusqu'à ce que sa mère fasse son entrée sous la tente, au bras de son nouveau mari milliardaire, Clifford Byrne, un Néo-Zélandais de soixante-douze ans qu'elle venait d'épouser à Las Vegas. Un mariage impromptu, dans la plus stricte intimité.

Les deux époux semblaient très contents d'eux. Aussi bien la femme, vêtue d'un ensemble crème haute couture et parée de diamants, que le vieux gentleman en habit et haut-de-forme, visiblement ravi.

Si seulement ils avaient pu choisir une autre tente pour s'exhiber ! songea Sally, la mort dans l'âme. Dès que sa mère apercevrait Jack, elle ne résisterait pas à la tentation de le narguer, trop contente de lui montrer qu'elle était retombée sur ses pieds. Et quand elle la verrait à son côté, nul doute qu'elle se déchaînerait…

Mais contrairement aux prévisions de Sally, lady Ellen ne s'en prit pas à Jack. Elle attendit au contraire qu'il s'absente pour aller parier. Dès qu'il eut quitté la tente, elle murmura quelques mots à l'oreille de son mari, qui hocha immédiatement la tête avec un sourire indulgent. Elle se dirigea alors tout droit vers Sally et la toisa avec condescendance.

De toute évidence, son intention n'était pas de faire la paix. Pourtant, elle n'avait plus aucune raison d'être amère, à présent qu'elle avait retrouvé un mari capable de lui assurer une vie de luxe… Sally prit une profonde inspiration. Il fallait absolument qu'elle se montre aimable. Avec un peu de chance, cela suffirait à désamorcer l'agressivité de sa mère.

— C'est un plaisir de te voir aussi radieuse, déclara-t-elle sans laisser à celle-ci le temps d'engager les hostilités. Et félicitations pour ton mariage. Apparemment il te réussit.

Lady Ellen se rengorgea.

— Oui, en effet. Et cette fois, j'ai pris mes précautions. Je ne risque pas de tomber dans la misère du jour au lendemain. J'ai obtenu de Clifford un contrat de mariage.

La mort de son premier mari ne l'avait pourtant pas exactement réduite à la misère, songea Sally avec dérision.

— En tout cas, c'est un contrat qui m'assure beaucoup plus que cent mille malheureux dollars pour une année, poursuivit sa mère d'un ton sarcastique. Et n'essaie pas de me faire croire que tu ne donnes pas à Jack Maguire ce qu'il attend de toi en échange.

Sally sentit ses joues s'empourprer.

— Ce n'est pas ce que…

— Il te manipule depuis le début, coupa sa mère d'un ton méprisant. Et tu n'as même pas le bons sens de retourner la situation en ta faveur ! Une fois de plus, il est gagnant. Et toi, tu vas bientôt tout perdre. A moins que tu suives mon conseil et que tu t'arranges pour tomber enceinte. Tu as encore le temps de jouer cette carte maîtresse.

— Non ! Il n'en est pas question !

— Alors tu vas te retrouver à la rue à la fin de ton contrat.

— Tu ne connais pas Jack. Il ne fera pas ça.

Lady Ellen arqua un sourcil narquois.

— Il te l'a promis ?

— Nous n'en avons pas parlé.

Cet aveu déclencha un rire moqueur.

— Tu préfères la politique de l'autruche ? Ce que tu peux être stupide ! Il va te jeter comme une vieille chaussette.

Sally serra les dents. Sa mère ne changerait jamais ! Et

si elle continuait à discuter avec elle, elle ne réussirait qu'à exciter sa malveillance.

— Tu te souviens de Victor Newell, le notaire de Leonard ? poursuivit lady Ellen. C'est lui qui s'occupe de toutes mes affaires, aujourd'hui. Et de celle de Jack Maguire…

Où voulait-elle en venir ? se demanda Sally avec perplexité. Nul doute que le notaire était lié par le secret professionnel. Il ne pouvait pas lui avoir révélé quoi que ce soit sur les affaires de Jack…

— Je suis allée à son étude pas plus tard que la semaine dernière. Et qu'est-ce que j'ai vu sur le bureau de sa secrétaire ?

Un sourire triomphant aux lèvres, lady Ellen fit une pause théâtrale.

— Le titre de propriété de Yarramalong ! Pour quelle raison le notaire pourrait-il en avoir besoin à ton avis ? Je me suis dit que Jack Maguire avait peut-être l'intention de vendre le domaine.

Sally se sentit envahie par un grand froid. C'était impossible ! Jack ne vendrait pas la maison où elle vivait depuis toujours sans la prévenir !

— J'ai donc demandé à Victor si la propriété était sur le marché en feignant d'être intéressée, poursuivit sa mère d'un air ravi.

Sally eut l'impression qu'on lui enfonçait un poignard dans le cœur. Non… Jack ne pouvait pas lui faire ça…

— « Pas à ma connaissance », a-t-il répondu. Mais son regard était fuyant. J'ai compris qu'il se passait quelque chose. Une vente secrète, sûrement. Aussi secrète que le renflouement de l'entreprise de Leonard. Jack Maguire préfère agir en douce pour que le coup de grâce soit le plus douloureux possible… C'est ce qu'il a fait avec moi.

Lady Ellen conclut d'un ton venimeux :

— Tu vois ce qui t'attend…

— Non !

— Si… A moins que tu réagisses enfin et que tu fasses le nécessaire pour défendre tes intérêts.

Sally fut submergée par un dégoût insurmontable. Non ! Pas question ! Elle n'emploierait pas les mêmes armes que sa mère. Jamais ! Quoi que Jack puisse lui faire. C'était peut-être stupide de sa part, mais elle préférait cent fois être une pauvre idiote qu'une intrigante sans scrupules.

— Ce ne sont que des spéculations, nées de ton esprit tordu, déclara-t-elle avec une assurance qu'elle était loin de ressentir.

Cette dénégation lui valut une moue méprisante.

— Eh bien, persiste dans ton aveuglement ! Puisque tu refuses de m'écouter, tu n'auras que ce que tu mérites !

— Lady Ellen…

En entendant la voix de Jack, le cœur de Sally fit un bond dans sa poitrine. Il passa un bras autour de ses épaules et l'attira contre lui. Pour lui apporter son soutien ou uniquement pour narguer sa mère ? se demanda-t-elle en se raidissant. Elle avait beau tenter de se raisonner, elle ne parvenait pas à empêcher les flèches perfides de celle-ci d'empoisonner ses pensées.

Lady Ellen ne daigna pas répondre à Jack. Avec un mouvement hautain de la tête qui fit frémir son brushing platine, elle pivota sur elle-même et rejoignit son riche mari.

— De quoi parliez-vous ? demanda Jack d'un ton crispé.

Sally déglutit péniblement. Nul doute qu'il avait remarqué à quel point elle était tendue… Elle scruta son visage. Tenait-il vraiment à elle ou bien attendait-il la fin du contrat pour mettre un terme à leur relation ?

— En as-tu assez de moi, Jack ?

— Quelle idée ! protesta-t-il aussitôt sans la moindre hésitation. Qu'est-ce qui te fait dire ça ?

Elle se mordit la lèvre. Le désir qu'il éprouvait pour elle était indéniable. Aussi intense que celui qu'elle ressentait pour lui. Leur attirance mutuelle n'avait pas encore été émoussée par le temps. La nuit dernière encore, ils avaient fait l'amour avec une passion débridée. La simple évocation de ce souvenir suffisait d'ailleurs à faire courir dans tout son corps des frissons d'excitation. Malgré tout, elle ne parvenait pas à chasser de son esprit les doutes que sa mère y avait insinués.

— Pourquoi Victor Newell a-t-il besoin du titre de propriété de Yarramalong ?

En voyant Jack tressaillir, elle sentit son estomac se nouer.

— Ma mère a vu le dossier sur le bureau de sa secrétaire, précisa t elle.

Le visage de Jack se ferma.

Sally dut faire appel à toute sa volonté pour réprimer l'angoisse qui la submergeait. Sa mère avait-elle raison… ?

— Nous n'avons pas évoqué l'avenir, mais je…

Elle déglutit péniblement.

— J'avais l'impression que… que tu étais satisfait de… notre arrangement.

— Très satisfait, affirma Jack en scrutant la foule.

Quelle plaie ! Cette vipère avait réussi à semer le doute dans l'esprit de Sally ! Lorsqu'il repéra lady Ellen, de nouveau au bras de Clifford Byrne, il prit une profonde inspiration. Surtout ne pas perdre son sang-froid… Il prit la main de Sally.

— Viens. Nous allons régler ce problème devant celle qui l'a soulevé.

Il entraîna Sally. Assaillie par un flot de souvenirs douloureux, elle tenta de résister. Sa mère pouvait se montrer si agressive… Elle n'avait aucune envie de déclencher une scène horrible !

— Jack, s'il te plaît… Je ne veux pas de scandale. Je veux juste savoir…

— Ne t'inquiète pas, coupa-t-il avec une moue de dérision. Lady Ellen ne risque pas de montrer son vrai visage devant Clifford Byrne.

— Mais ce problème ne concerne que nous ! Il ne la regarde pas.

— Elle s'en est mêlée.

— Oh, s'il te plaît… laisse tomber, Jack.

Il s'immobilisa et la serra dans ses bras.

— Laisser tomber ? Alors qu'elle essaie de semer la discorde entre nous en insinuant que je prépare un coup bas ? Oh, non ! Il faut régler cette histoire une fois pour toutes.

Sally se maudit. Pourquoi s'était-elle laissé déstabiliser par les insinuations de sa mère ? Quelle idiote !

— Je suis désolée ! Je sais bien que tu es incapable de coup bas. Mais nous n'avons jamais discuté de ce qui se passerait à la fin du contrat. Si bien que lorsqu'elle m'a parlé du titre de propriété … Je sais parfaitement que tu as le droit de vendre le domaine de Yarramalong si tu en as envie. Simplement…

Jack posa un doigt sur les lèvres de Sally.

— Je n'ai pas l'intention de vendre. Viens avec moi et fais-moi confiance, d'accord ?

Elle hocha la tête, la gorge trop nouée pour prononcer un mot de plus. De toute façon, rien ne pourrait empêcher Jack de régler ses comptes avec sa mère. Il était déterminé, comme il l'avait toujours été. Aux funérailles de son père, puis à la lecture du testament, il s'était montré implacable avec elle. Il avait tous les atouts en main et il les avait abattus sans pitié, résolu à réparer l'injustice qu'elle lui avait fait subir. Mais aujourd'hui, de quels atouts disposait-il pour réduire sa mère au silence ?

« Fais-moi confiance… »

S'efforçant de surmonter sa crainte d'être humiliée en public, Sally se raccrocha à ces paroles. Jusqu'ici elle avait toujours fait confiance à Jack et elle avait envie de continuer…

Lorsqu'ils arrivèrent à la hauteur de Clifford Byrne et de son épouse, les gens qui discutaient avec eux s'écartèrent, manifestement impressionnés par la mine sombre de Jack. Ils semblaient décidés à ne pas perdre un seul mot de la scène qui se préparait… Sans aucun doute pour se faire ensuite un plaisir de répéter tout ce qu'ils avaient entendu. L'anxiété de Sally redoubla. Pourvu que Jack réussisse à neutraliser sa mère…

— M. Byrne, bonjour. Je suis Jack Maguire, le beau-fils de lady Ellen. Et voici sa fille, Sally. Je ne pense pas que vous ayez eu le plaisir de la rencontrer.

Ces présentations impromptues désarçonnèrent visiblement le Néo-Zélandais, qui serra vigoureusement la main de Jack et adressa un sourire contrit à Sally.

— Enchanté. Nous rentrons tout juste de voyage de noces, ajouta-t-il, comme pour s'excuser de ne pas avoir encore rencontré la famille de sa nouvelle épouse. Nous commençons à peine à reprendre contact avec notre entourage, n'est-ce pas, chérie ?

Il se tourna vers lady Ellen. Celle-ci fixait sur Jack un regard digne de la Méduse.

Jack lui adressa un sourire mielleux, puis il se tourna de nouveau vers Clifford Byrne.

— Lady Ellen a repris contact avec Sally il y a quelques minutes. J'ai cru comprendre qu'elle s'inquiétait pour l'avenir de sa fille. Apparemment, elle pense que j'ai l'intention de vendre la propriété où Sally entraîne ses chevaux. Je ne voudrais pas laisser le moindre nuage assombrir son bonheur de jeune mariée.

— Oh, c'est très aimable à vous. Je serais navré que

mon épouse subisse la moindre contrariété, répliqua le vieil homme en tapotant la main posée sur son bras.

— Comme je vous comprends…, acquiesça Jack avec une pointe d'ironie qui échappa à son interlocuteur. Il est malencontreux que lady Ellen ait aperçu le titre de propriété chez le notaire et qu'elle en ait tiré des conclusions hâtives. J'avais l'intention de faire la surprise à Sally pour Noël, mais vu les circonstances, je me vois obligé de révéler mes intentions dès aujourd'hui. J'ai demandé à Victor Newell de mettre la propriété à son nom.

— A mon nom ? s'exclama Sally, abasourdie.

— Oui, j'estime qu'elle te revient, confirma Jack avec un large sourire.

— Ah ! C'est un très beau cadeau, commenta Clifford Byrne d'un ton approbateur.

— C'est en effet un cadeau très généreux en remerciement de tout le travail accompli à la propriété, intervint lady Ellen d'un air entendu.

Dans la bouche de sa mère, ce ne pouvait être qu'une allusion perfide aux « services sexuels rendus », songea Sally, le cœur serré. Mais peu importait sa mère. Etait-ce un cadeau d'adieu de la part de Jack ? Avait-il trouvé ce moyen pour adoucir le choc de la rupture ? Non. Impossible. Il n'en avait pas terminé avec elle. Il venait de le lui affirmer et elle le croyait.

Cependant, c'était un présent si extravagant…

— En remerciement de tout ce qu'elle a fait pour moi également, déclara Jack avec chaleur. Voyez-vous, lady Ellen, ma rencontre avec Sally me console de l'injustice subie dans le passé. Je tiens d'ailleurs à vous remercier de l'avoir adoptée. Sans cela, nos chemins ne se seraient peut-être jamais croisés et je serais passé à côté d'une chance unique. Celle d'unir mon avenir au sien.

Le cœur de Sally se mit à battre la chamade.

Il n'était pas sérieux…

— Quel genre d'avenir avez-vous à l'esprit ? demanda lady Ellen d'un ton condescendant.

Sally retint son souffle. Sa mère mettait Jack au pied du mur, probablement dans l'espoir d'une réponse qui lui permettrait de provoquer un scandale.

— Eh bien, pour le moment, Sally consacre presque tout son temps et son énergie à la préparation de la coupe du monde. Elle est qualifiée, précisa-t-il avec une fierté manifeste en la serrant contre lui.

Puis il plongea ses yeux dans les siens et il ajouta :

— Après la coupe du monde, j'espère qu'elle acceptera de se marier avec moi pour fonder une famille.

Sally eut l'impression que son cœur allait s'échapper de sa cage thoracique. Se marier ? Fonder une famille ? Elle n'osa pas s'abandonner entièrement au bonheur qui la submergeait. Se pourrait-il qu'il dise ça uniquement pour river son clou à sa mère ?

— Bravo ! approuva Clifford Byrne en tendant la main à Jack.

Après cette nouvelle poignée de main, il se tourna vers sa femme.

— Voilà une excellente nouvelle. Tu n'as plus aucune raison de t'inquiéter pour ta fille, ma chérie.

Sally se mordit la lèvre. Sa mère devait écumer de rage ! Malheureusement pour elle, le contrôle de la situation venait de lui échapper…

— Félicitations. A tous les deux, déclara lady Ellen avec un sourire crispé. Je vous souhaite beaucoup de bonheur.

— Merci, répliqua Jack d'un ton affable. A vous également, lady Ellen. M. Byrne, tous mes vœux.

— Il faut absolument que nous fêtions ça dignement, déclara ce dernier. Pourquoi ne viendriez-vous pas nous voir en Nouvelle-Zélande, Sally et vous ?

— Il ne manquerait plus que ça ! éructa lady Ellen, incapable de se contenir plus longtemps.

Son mari se pencha vers elle, l'air effaré.

— Pardon ?

Elle le foudroya du regard, les traits déformés par le dépit. Il eut un mouvement de recul, et une ombre dans ses yeux suggéra qu'il s'interrogeait soudain sur les surprises que pourrait lui réserver la femme qu'il avait épousée si précipitamment.

— Il me semble que lady Ellen a dit « Il ne manquerait plus que ça ! », intervint Jack avec une pointe de compassion.

Il n'aurait pas pu rêver plus belle revanche ! Lady Ellen s'était démasquée devant son mari…

— Et pour une fois, je suis entièrement d'accord avec elle, ajouta-t-il d'un ton suave. A présent, si vous voulez bien nous excuser, un de mes chevaux court dans quelques minutes. Sally et moi tenons absolument à le voir gagner.

Fin de partie !

Une fois de plus, le champion de poker avait gagné.

Mais avait-il bluffé ?

Ou bien avait-il dit la vérité ?

Ces questions tourbillonnaient dans l'esprit de Sally, lui donnant le vertige.

13.

— Le problème est réglé, murmura Jack en entraînant Sally hors de la tente.

Elle l'observa à la dérobée. Ses yeux pétillaient de joie. De toute évidence, il était ravi d'avoir pris une nouvelle revanche sur sa mère…

— Tu as vraiment l'intention de faire mettre la propriété à mon nom ? demanda-t-elle, incapable de rester plus longtemps dans l'incertitude.

— Bien sûr, ma chérie ! Victor Newell est en train d'effectuer les démarches nécessaires.

« Ma chérie »… Le cœur de Sally se mit à battre la chamade. Son souhait le plus cher serait-il exaucé ? Jack l'aimerait-il vraiment ? Aurait-il réellement envie de partager sa vie avec elle ?

— J'avais prévu de te faire la surprise à Noël, mais à présent que ce n'est plus un secret, il va falloir que je trouve un autre cadeau, ajouta-t-il avec une mine faussement dépitée.

— Non ! De toute façon, je ne crois pas que je puisse accepter un tel cadeau. Je ne pourrai jamais t'en offrir un aussi extraordinaire.

— Tu m'as déjà fait le plus beau cadeau du monde en étant telle que tu es et en me donnant tellement de toi-même.

La note de sensualité dans la voix de Jack et l'éclat révélateur de ses yeux serrèrent le cœur de Sally. Elle baissa la tête pour dissimuler son visage sous le bord de son chapeau. Il ne fallait surtout pas qu'il puisse lire le doute et l'angoisse dans son regard…

Son attachement à elle n'était-il que sexuel ?

Il fallait en avoir le cœur net. Cette incertitude était insupportable.

— Etais-tu sincère quand tu as dit que tu voulais m'épouser et fonder une famille ? demanda-t-elle en gardant la tête baissée.

S'il lui expliquait en riant que c'était une ruse pour gâcher la journée de sa mère, mieux valait qu'il ne voie pas son visage se décomposer…

Il s'immobilisa, la prit dans ses bras et la serra contre lui.

— Regarde-moi, Sally !

Elle sentit ses yeux se noyer de larmes. Impossible de lui cacher à quel point la réponse était importante pour elle.

— Regarde-moi ! répéta-t-il d'un ton pressant.

Jack se moquait éperdument de la foule qui les bousculait, à la recherche de la meilleure place pour suivre la course. Quelle importance que son cheval gagne ou pas ? Une seule chose comptait. Rassurer Sally.

Très lentement, elle leva la tête. Ses yeux étaient mouillés de larmes, mais elle soutint son regard sans ciller. Elle était si courageuse… Déterminée à savoir la vérité. Dès le début, il avait admiré sa force de caractère. La voir aussi vulnérable lui fendait le cœur… Quel idiot ! Il s'y était très mal pris. Il n'aurait jamais dû se laisser emporter par son désir de remettre lady Ellen à sa place. C'était d'abord à Sally qu'il aurait fallu parler. Comment avait-il pu commettre une erreur aussi impardonnable ?

D'un geste tendre, il essuya les larmes qui coulaient sur ses joues.

— Je t'aime, Sally. J'avais décidé de ne pas te parler de mariage avant la coupe du monde parce que je voulais que tu puisses te concentrer sur la compétition.

Les yeux émeraude de Sally s'écarquillèrent.

— Tu… m'aimes ?

— Au point que j'ai un mal fou à me passer de toi ! Quand nous ne sommes pas ensemble, je ne pense qu'au moment où je te reverrai. Je ne pourrais pas vivre sans toi. Lorsque je t'ai dit que l'amour et le mariage ne figuraient pas à mon programme, je ne savais pas encore qu'il existait une femme sans qui la vie me serait insupportable. Cette femme, c'est toi…

— Oh, Jack ! Je t'aime moi aussi ! Je t'aime tellement…

Nouant les bras autour de son cou, elle l'embrassa fougueusement. Il lui rendit son baiser avec ferveur et le prolongea longuement.

Les applaudissements frénétiques de la foule les ramenèrent sur terre.

— Ton cheval ! s'exclama Sally en s'arrachant à ses lèvres.

— Je m'en moque ! répliqua-t-il en riant. Si j'ai bien compris, tu acceptes de m'épouser ?

— Oui !

Elle l'embrassa de nouveau en riant.

— Dans ce cas, je suggère que nous choisissions la bague de fiançailles dès demain matin, afin que tu puisses l'exhiber devant tout le public de la Melbourne Cup pendant les prochains jours. Une bague de fiançailles énorme, que même ta mère ne pourra pas faire semblant de ne pas voir.

Sally poussa un soupir.

— Elle ne nous a jamais vraiment aimées, Jane et moi. Elle a admis qu'elle nous avait adoptées pour pouvoir extorquer une pension alimentaire à notre père au cas où il la quitterait.

— Oublie-la. Elle ne mérite pas que tu penses à elle.

— Et toi, peux-tu oublier ce qu'elle t'a fait subir ?

— Cette page est tournée et je n'y reviendrai pas. A partir de maintenant, seules comptent pour moi les pages que nous tournerons ensemble.

— Pour moi aussi. Et commençons par aller voir si c'est ton cheval qui a gagné !

Il la prit par les épaules en riant et l'entraîna à travers la foule.

Épilogue

Quelle différence avec le décorum des années précédentes ! songea joyeusement Sally, alors que Jack confectionnait un cocktail de champagne et jus d'orange. Tout se passait dans la simplicité et la bonne humeur, et jamais elle n'avait vu Jane aussi détendue. Dire qu'autrefois elle était rongée par l'angoisse à l'idée que le cadeau qu'elle avait acheté à son père risquait de ne pas lui plaire, ou que sa mère ne manquerait pas de trouver une raison de la houspiller…

L'arbre installé devant la cheminée n'était pas décoré sobrement de blanc et d'argent, comme il était de règle autrefois. Il resplendissait de toutes les couleurs que Jane et elle avaient réussi à trouver, et elles avaient passé un moment délicieux à le décorer ensemble. Jack les avait félicitées, affirmant que c'était le plus bel arbre de Noël qu'il avait jamais vu, parce qu'on sentait qu'il avait été décoré avec joie et amour.

Le temps était doux en ce matin de Noël. Le soleil d'été était déjà chaud et Jack était en short, tandis que Jane et Sally avaient passé un sarong sur leur Bikini, prêtes à plonger dans la piscine après le petit déjeuner. Ravie de pouvoir continuer à travailler à Yarramalong avec Graham aussi longtemps qu'ils en auraient envie, Jeanette s'affairait dans la cuisine, déterminée à se surpasser.

Lorsque Jack eut servi les cocktails, Jane lança d'un ton joyeux :

— Puisque cette année nous ne sommes pas obligés de nous plier aux exigences de maman, je vais faire le Père Noël et distribuer les cadeaux !

Jamais elle n'avait vu sa sœur aussi exubérante, songea Sally avec émotion, en la regardant se diriger vers l'arbre en sautillant. Jane avait pris de l'assurance. L'obtention de son diplôme d'infirmière avait sans doute contribué à ce changement, mais le fait d'être enfin libérée du joug de ses parents y était sûrement pour beaucoup.

— Toi d'abord, Sally.

Depuis toute petite, Jane aimait les travaux manuels, un hobby auquel elle pouvait s'adonner dans sa chambre sans déranger personne. Dans le paquet qu'elle remit à Sally, celle-ci découvrit avec émerveillement un superbe album relié par ses soins et garni de photos d'elle sur tous les chevaux qu'elle avait aimés depuis l'âge de cinq ans. Chaque page était décorée de dessins et annotée de commentaires humoristiques.

— Jane, c'est fantastique ! Ça a dû te prendre un temps fou !

— Travailler pour la meilleure sœur du monde est un vrai plaisir.

— Merci. Tu ne peux pas savoir combien ça me touche !

Jack se rapprocha de Sally sur le canapé pour mieux admirer la photo d'une petite fille qui avait commencé par monter un poney avant de devenir une championne de saut d'obstacles.

— J'ai un cadeau spécial pour toi aussi, Jack ! annonça Jane.

Elle se précipita vers l'arbre et revint avec un autre paquet.

— Du moins, *j'espère* que tu vas le trouver spécial, ajouta-t-elle, redevenant un instant la jeune femme peu sûre d'elle qu'elle avait été.

— S'il est aussi personnel que celui de Sally, je vais l'adorer, assura-t-il avec chaleur.

Jane attendit avec nervosité qu'il déplie un pull en laine bleu roi, tricoté à la main, sur lequel était brodé un magnifique cheval noir en plein saut.

— J'ai agrandi une photo de Midnight Magic et je l'ai reproduite sur du papier millimétré pour la broder, expliqua-t-elle. Il va faire froid en Angleterre pour la coupe du monde, et j'ai pensé que tu pourrais porter ce pull dans les tribunes lorsque tu encourageras Sally.

— Jane, il est magnifique, déclara Jack d'une voix nouée par l'émotion. Il ne va plus me quitter. J'imagine le mal que tu as dû te donner…

Le visage de Jane s'illumina.

— C'est un plaisir aussi de travailler pour mon futur beau-frère.

— Merci, Jane.

Sally sentit sa gorge se nouer. Tous les trois, ils formaient une famille très unie. Et ce Noël était le plus heureux de sa vie…

De la part de Jack, Sally reçut le titre de propriété de Yarramalong et un superbe diamant assorti au solitaire de sa bague de fiançailles, sur une chaîne en or fin qu'elle passa aussitôt autour de son cou.

Elle lui offrit un Caméscope pour immortaliser tous les moments heureux de leur vie. Il l'étrenna sur-le-champ pour filmer Jane ouvrant ses paquets.

La mine ravie de celle-ci se teinta de confusion devant le cadeau de Sally — un assortiment de dessous sexy commandé par internet chez Victoria's Secret — et de perplexité devant celui de Jack.

— Ce sont les clés d'un appartement que j'ai acheté à ton nom, expliqua-t-il. Il se trouve à quelques minutes de marche du North Shore Hospital, où tu dois travailler cette année. J'ai pensé que tu serais contente d'avoir un endroit à toi à Sydney.

Elle resta bouche bée.

— Il n'est pas meublé, précisa-t-il. Je te donnerai une carte de crédit pour l'aménager à ton goût.

— Jack… Je ne sais pas quoi dire. Quand je pense que je me méfiais de toi…

— Tu peux tout simplement me promettre de ne plus jamais douter de moi.

— Jamais ! promit-elle d'un ton solennel, avant de rire. Merci, Jack ! Et je te promets d'obtenir mon diplôme de sage-femme cette année. Comme ça, quand Sally et toi déciderez d'agrandir la famille, vous pourrez compter sur moi. Votre bébé sera suivi avec le plus grand soin avant, pendant et après sa naissance.

Ils prirent leur petit déjeuner dans la salle à manger, puis Jane se rendit à la piscine. Jack proposa à Sally de faire un tour dans la propriété avant qu'elle ne rejoigne sa sœur.

Main dans la main, ils descendirent l'allée bordée d'érables, en direction de la grille qui était restée fermée pour Jack du temps de lady Ellen. Sally sentit son cœur se gonfler de joie. Quels changements prodigieux en un an !

— Tu m'as vraiment fait un cadeau extraordinaire… Mais je veux que tu te sentes chez toi ici autant que Jane et moi, déclara-t-elle en scrutant le visage de Jack.

Toute trace d'amertume avait disparu de son regard. Mais comment être certaine que tous les fantômes du passé avaient été chassés ?

— Chez moi…, répéta-t-il d'un air songeur.

Un petit sourire aux lèvres, il promena son regard sur les pâturages luxuriants, puis il lui pressa la main.

— Chez moi, c'est là où tu es, Sally. Dans mon esprit, cet endroit n'a plus rien à voir avec mon père ni avec lady Ellen. C'est chez toi et tu m'y as toujours bien accueilli. J'y suis donc chez moi.

— Pour moi aussi, l'essentiel c'est d'être avec toi. Je peux très bien vivre ailleurs, tu sais.

Il secoua la tête.

— C'est ici que nous nous sommes rencontrés et je veux y voir grandir nos enfants. Dans l'amour, au sein d'une famille unie.

Il s'empara des lèvres de Sally dans un long baiser fervent.

Les injustices avaient été réparées.

La rancœur avait laissé place à l'amour.

collection *Azur*

Ne manquez pas, dès le 1er septembre

***INACCEPTABLE TRAHISON**, Amanda Browning • N°2918*

Sofie est folle de joie. Elle vient enfin de dire « oui » à Lucas Antonetti. Une vie entière de bonheur l'attend en compagnie de l'homme de ses rêves. Mais sa joie s'envole en fumée lorsqu'elle reçoit une lettre anonyme. Une lettre qui lui fait comprendre que celui qui est désormais son mari l'a trahie de la plus abominable des façons…

***ENCEINTE D'UN DON JUAN**, Abby Green • N°2919*

Convaincue qu'aux yeux de Xavier Salgado-Lézille, elle ne représente qu'une aventure sans avenir, Jane décide de mettre un terme à leur relation. Pourquoi attendre qu'il la rejette ? Elle ne souffrira que davantage de la rupture. Mais quatre mois plus tard, Jane découvre qu'elle est enceinte...

***UNE SEULE NUIT D'AMOUR**, Susan Stephens • N°2920*

Enfant Secret

Innocente et naïve, Kate a succombé le temps d'une nuit au charme de Santino Rossi, le célèbre producteur de cinéma. Une nuit inoubliable, et qui n'est pas sans conséquences… Car un bébé est né de ce bref moment de passion, une fille, Francesca, que Kate doit à présent élever seule.

***MARIÉE SUR CONTRAT**, Catherine Spencer • N°2921*

Corinne est bouleversée d'apprendre que Lindsay, son amie d'enfance, a émis avant de mourir le souhait de la voir épouser son mari, Raffaello Orsini. Comment accepter de se marier avec un homme qu'elle n'a jamais vu et pour qui elle n'éprouve rien ? Pour autant, peut-elle refuser de respecter les dernières volontés de Lindsay ?

SCANDALE POUR UN MILLIARDAIRE, Lynne Graham • *N°2922*

Katie se bat pour offrir à ses jumeaux de neuf mois une vie décente. Et même si sa situation est précaire, elle refuse de faire appel à leur père, Alexandros Christakis, qui ignore tout de leur naissance. Mais Katie découvre un jour avec consternation que la paternité d'Alexandros vient d'être révélée à la une des journaux. Désormais, elle en est certaine, le puissant milliardaire grec va chercher à se venger d'elle...

A LA MERCI DE LA PASSION, Margaret Mayo • *N°2923*

Lorsqu'elle a accepté le poste de nounou offert par Santo De Luca, Penny ne s'attendait pas à travailler pour un homme aussi désagréable, et qui semble si peu s'intéresser à sa fille Chloe. Pourtant, malgré sa réprobation et sa colère, Penny devine peu à peu que Santo n'est pas aussi froid qu'il le paraît, et que son silence obstiné cache bien des secrets…

L'HÉRITIER DES LEOPARDI • *N°2924*

- Trilogie de Penny Jordan -

PREMIÈRE PARTIE

Depuis la mort de sa sœur, Julie élève le fils de celle-ci, un bébé de trois mois à qui elle est bien décidée à offrir tout son amour. Mais alors qu'elle rentre chez elle, Julie découvre devant sa porte la silhouette imposante d'un homme dont le regard est tout sauf amical. Un homme qui se présente comme l'oncle de Josh, et qui exige que l'enfant aille vivre dans la famille de son père, en Sicile...

AMOUREUSE D'UN HOMME D'AFFAIRES, Carol Marinelli • *N°2925*

Ainslie reprend courage. Elijah Vanaldi, un homme d'affaires richissime, vient de lui proposer un travail : s'occuper de sa nièce, à présent orpheline. Mais pour conserver la garde de l'enfant, Elijah exige bientôt qu'Ainslee se fasse passer pour sa fiancée…

LA MAÎTRESSE BAFOUÉE, Sandra Marton • *N°2926*

- Trilogie Irrésistibles Cheikhs -

TROISIÈME PARTIE

Scandalisée, Grace apprend que le cheikh Salim, un homme pour lequel elle a travaillé et dont elle a été la maîtresse, l'accuse d'avoir dérobé dix millions de dollars dans les caisses de sa société ! Certes, elle s'est enfuie sans même un mot d'explication, quelques mois plus tôt, mais elle cherchait alors à échapper à son amour sans espoir pour Salim, pas à cacher un ignoble délit…

Attention, numérotation des livres pour le Canada différente : numéros 1535 à 1540

A paraître dès juillet

Best-Sellers n°382 • thriller

Collection macabre - Erica Spindler

A La Nouvelle-Orléans, la découverte d'un squelette de femme à la main coupée relance une affaire restée sans suite deux ans plus tôt : après avoir retrouvé plusieurs mains de femmes coupées, la police n'avait pas réussi à arrêter celui que la presse avait surnommé « le collectionneur». Chargée de l'enquête, l'inspecteur Patty O' Shay est sous le choc quand elle apprend que le badge de police de son mari, assassiné deux ans plus tôt, est retrouvé avec le squelette. Dès lors, elle n'a plus qu'une idée en tête : retrouver « le collectionneur ». Quel qu'en soit le prix…

Best-Sellers n°383 • roman

L'enfant du scandale - Barbara Delinsky

Hugh et Dana forment un couple harmonieux malgré leurs différences. Si Dana vient d'un milieu modeste et n'a jamais connu son père, Hugh, issu de la bourgeoisie bostonienne, a dû lutter pour faire accepter son épouse dans sa famille. Alors que l'arrivée d'un enfant semble apaiser les passions, c'est un véritable scandale que déclenche la naissance de la petite fille. Car, contre toute attente, le bébé a la peau sombre. Abasourdis, déchirés entre la joie et la soif de réponses, les jeunes parents décident d'explorer leurs racines, au risque de déterrer les secrets du passé…

Best-Sellers n°384 • suspense

Un danger dans la nuit - Lisa Jackson

Je sais ce que tu as fait, confesse tes péchés…

En écoutant ce message sur son répondeur, la psychologue Samantha Leeds plonge en plein cauchemar. Car l'appel lui rappelle le drame qui a marqué sa vie : le suicide d'Annie, une jeune auditrice perturbée qu'elle n'a pas pu sauver. Terrifiée, Samantha l'est d'autant plus que le harceleur est devenu un tueur qui viole et étrangle ses victimes en écoutant son émission. Tandis que les inspecteurs Bentz et Montoya pistent le meurtrier, Samantha se réfugie auprès de Ty Wheeler, son nouveau voisin, le seul homme auquel, croit-elle, elle peut encore faire confiance…

Best-Sellers n°385 • thriller

Tu tueras pour moi - Andrea Ellison

Dix jeunes femmes au teint d'albâtre et aux cheveux de jais, aux lèvres maquillées de rouge sang…Une série de crimes qu'à Nashville, personne n'a oubliés. Vingt ans plus tard, la ville est de nouveau plongée dans la peur tandis que quatre nouvelles victimes sont découvertes, tuées selon le même rituel. Mais pour les enquêteurs, pas de doute : ces crimes portent la signature sanglante du tueur. Pour Taylor Jackson, le lieutenant chargé de l'enquête, l'affaire prend une tournure personnelle : car un détail dans le profil de l'assassin a réveillé des souvenirs enfouis au plus profond d'elle-même…

Best-Sellers n°386 • thriller

La forêt de la peur - Michelle Gagnon

Dans les Appalaches, un terrifiant ossuaire est découvert. Pour l'agent Kelly Jones, du FBI, cette enquête tombe vraiment mal : elle espérait trouver dans les bras de Jake, ex flic reconverti dans la protection rapprochée, la force de surmonter le choc que lui a causé la mort tragique de son coéquipier. Mais d'autres corps sont retrouvés, portant la trace d'horribles sévices. Dès lors, Kelly ne peut s'empêcher de s'impliquer. Elle découvre qu'il n'y a pas un, mais deux tueurs. Deux assassins rivaux, lancés dans une atroce surenchère…

Best-Sellers n°387 • historique

La tentation de lady Blanche - Brenda Joyce

Londres et la Cornouailles, 1822

Sous des airs frivoles de riche héritière, Blanche Harrington cache une nature tourmentée, hantée par un drame de son enfance. Depuis, elle s'est juré de ne jamais se montrer vulnérable. Et de ne jamais accorder sa confiance à un homme. Mais sa rencontre fortuite avec sir Rex de Warenne, qu'elle surprend dans les bras d'une servante, va ébranler ses certitudes. A la fois choquée et fascinée par tant d'impudeur, Blanche ne peut s'empêcher de ressentir pour cet homme une attirance inavouable…

Best-Sellers n°388 • roman

Les amants de l'été - Susan Wiggs

Rosa Capoletti a de quoi être fière : orpheline de mère, elle s'est construite seule et fait carrière dans la restauration de luxe. Mais elle est toujours célibataire car elle ne peut oublier son premier amour : Alex Montgomery, le fils des riches voisins qui séjournaient chaque été sur la côte. Rosa n'a pas oublié leurs premiers baisers, et l'abandon, lâche et inexplicable, d'Alex, sorti de sa vie en entrant à l'université. Obsédée par ce douloureux souvenir, Rosa est pourtant décidée à rompre avec son passé. Mais voilà que, dix ans après son départ, Alex est de retour…

Best-Sellers n°389 • thriller

Le tueur d'anges - Erica Spindler

Il y a cinq ans, trois meurtres de petites filles ont semé la panique à Rockford, Illinois. Kitt Lundgren, chargée de l'enquête, a fait de la traque du tueur une obsession — mais elle a laissé le coupable lui échapper. Sa vie en a été marquée à jamais. Et voilà qu'après cinq ans de silence, le tueur d'anges recommence à frapper. Cette fois, Kitt est décidée à le retrouver, mais l'enquête est confiée à l'inspecteur Riggio, une jeune femme ambitieuse qui ne pardonne pas à Kitt ses erreurs du passé…

Best-Sellers n°390 • roman

Un été au Maryland - Nora Roberts

A Antietam, dans le Maryland, un été va bouleverser à jamais l'existence de plusieurs êtres meurtris par la vie. Cassie Connor se sent en effet revivre. Elle qui a subi des années durant les violences de son mari n'a-t-elle pas trouvé enfin le courage de porter plainte contre lui ? A présent que Joe est en prison, elle savoure sa liberté toute neuve. Et accepte d'être courtisée par Devin MacKade, l'un des célibataires les plus en vue de la région. Mais on ne se libère pas si facilement du passé…

Best-Sellers n°391 • roman

Le passé meurtri - Karen Young

Ecrivain reconnu, Elizabeth Walker s'efforce d'oublier les drames qui ont jalonné sa vie : la mort tragique de ses parents, la perte de ses deux petites sœurs, qu'elle n'a jamais revues depuis leur adoption, et son enfance à elle, ballottée au gré des familles d'accueil. Elle vit en solitaire jusqu'au jour où sa meilleure amie Gina se voit menacée de perdre la garde de sa fille. Cette fois, Elizabeth se battra. Pour Gina. Pour la petite Jesse, sa filleule adorée. Et pour se donner enfin une chance de prendre son destin en main.

Composé et édité par les
éditions Harlequin
Achevé d'imprimer en juillet 2009

CPI
Bussière

à Saint-Amand-Montrond (Cher)
Dépôt légal : août 2009
N° d'imprimeur : 90798 — N° d'éditeur : 14448

Imprimé en France